Seminário na Selva

Boris von Smercek

Seminário na Selva

Uma fábula sobre negócios

Com prefácio de
Sabine Asgodom

Tradução de
Maria Estela Heider Cavalheiro

Revisão de tradução
Karina Jannini

Martins Fontes
São Paulo 2004

Esta obra foi publicada originalmente em alemão com o título
DAS DSCHUNGEL-SEMINAR por Econ Verlag em 2002 e impresso
por Ullstein Heyne List GmbH & Co.KG, Munich.
Copyright © by Ullstein Heyne List GmbH & Co.KG, Munich.
Copyright © 2004, Livraria Martins Fontes Editora Ltda.,
São Paulo, para a presente edição.

1ª edição
fevereiro de 2004

Tradução
MARIA ESTELA HEIDER CAVALHEIRO

Revisão da tradução
Karina Jannini
Acompanhamento editorial
Luzia Aparecida dos Santos
Revisões gráficas
Solange Martins
Letícia Braun
Dinarte Zorzanelli da Silva
Produção gráfica
Geraldo Alves
Paginação
Moacir Katsumi Matsusaki

Dados Internacionais de Catalogação na Publicação (CIP)
(Câmara Brasileira do Livro, SP, Brasil)

Smercek, Boris von
   Seminário na selva : uma fábula sobre negócios / Boris von Smercek ; com prefácio de Sabine Asgodom ; tradução de Maria Estela Heider Cavalheiro. – São Paulo : Martins Fontes, 2004.

   Título original: Das Dschungel-Seminar : eine Businessfabel.
   ISBN 85-336-1944-8

   1. Administração de empresas 2. Comportamento – Modificação 3. Executivos – Treinamento 4. Mudança organizacional 5. Negócios 6. Seminários I. Asgodom, Sabine. II. Título. III. Título : Uma fábula sobre negócios.

04-0363   CDD-650.06

Índices para catálogo sistemático:
1. Negócios : Administração : Seminários   650.06
2. Seminários : Negócios : Administração   650.06

Todos os direitos desta edição para o Brasil reservados à
Livraria Martins Fontes Editora Ltda.
Rua Conselheiro Ramalho, 330/340 01325-000 São Paulo SP Brasil
Tel. (11) 3241.3677 Fax (11) 3105.6867
e-mail: info@martinsfontes.com.br http://www.martinsfontes.com.br

Agradecimentos

Há três pessoas a quem sou particularmente grato por ter escrito este livro:

Jens Schadendorf, diretor do programa Econ Business, que idealizou o *Seminário na selva* e me contagiou com a proposta.

Bastian Schlück, meu agente, que tem o dom de intermediar projetos literários sempre muito interessantes.

E, não por último, minha mulher – ela sabe o motivo.

Índice

Prefácio de Sabine Asgodom 9
Algumas reflexões pessoais para começar . . 13

O primeiro dia. 15
O segundo dia 45
O terceiro dia. 67
O quarto dia. 83
O quinto dia. 93
O sexto dia. 107
O sétimo dia 119
Algum tempo depois. 133

Prefácio

É, também sou uma dessas velhas corujas-treinadoras: quando li pela primeira vez o *Seminário na selva*, me reconheci novamente em muitas das cenas – não só como instrutora, também como participante do seminário. Sejam funcionários enviados pela empresa, sejam "voluntários" ou até mesmo "fãs", os participantes constituem uma variada mistura de personalidades, que vêm com expectativas muito diferentes.

Lá estão, por um lado, os perfeccionistas, "de fato" sobrecarregados de trabalho – nem poderiam ter se afastado do serviço –, que chegam ao seminário nervosos e mal-humorados. Não querem desligar o celular: Preciso estar acessível – dizem.

Depois há aqueles que, em princípio, acham seminários idiotas: – Para que serve essa psicobabaquice? Será que hoje vamos dançar em torno de alguma pedra sagrada ou coisa parecida?

Há os que apreciam de fato o seminário, provavelmente porque lhes permite escapar da rotina diária por alguns dias.

Outros se apresentam no papel do crítico com larga experiência em seminários: – Isto aqui não tem nada a ver! No meu último curso, ministrado por um profissional de verdade, aprendemos...

Por outro lado, há os "superantenados", que esperam receitas e a cura de todas as suas mágoas, ou nada menos do que "adquirir carisma em três dias". E que, depois, se não resolvem todos os seus problemas, colocam a culpa no instrutor.

Por fim, existem aqueles macacos velhos: – Quem é o bacana que vai querer me dizer como devo fazer meu trabalho? Depois de vinte e cinco anos no batente? Só rindo, mesmo!

Os desafios que um treinador enfrenta não são nada fáceis. Mas que alegria ver esses indivíduos tão diferentes se transformarem numa equipe durante o seminário! É muito interessante observar como pessoas desconhecidas desenvolvem uma camaradagem estimulante, num curtíssimo intervalo de tempo. Como as resistências desaparecem, dando lugar à familiaridade. Como aparece o desejo de se darem *feedback* mutuamente, de aprenderem uns com os outros e de surgirem idéias alternativas.

Que alívio sente o participante ao ouvir dos colegas que eles se encontram em dilemas semelhantes, que enfrentam dificuldades parecidas. O ponto alto de um seminário é ver nos outros as fraquezas que conhecemos em nós mesmos e sugerir-lhes soluções das quais nós próprios necessitamos. Mas isso só acontece em procedimentos e vivências compartilhadas, no jogo, no diálogo, no trabalho de grupo.

E como é diferente, nesse caso, a despedida, em contraste com a hesitação do início: trocam-se endereços, jura-se amizade eterna, dão-se bons conselhos – Não se deixe mais oprimir! –, promete-se telefonar. Tudo vai ser muito diferente, é o que todos garantem uns aos outros – e, depois, de repente, a volta à empresa, ao escritório, à fábrica, completamente sozinhos, com todas as boas intenções, as estratégias e as condutas exercitadas. No momento da mudança, cada um, ou uma, está de novo totalmente só.

Este livro pode prepará-lo para seminários e servir de companheiro quando você quiser implementar seus conhecimentos; pode, ainda, criar uma expectativa otimista ou servir de lembrete, incentivo ou estímulo à persistência. Em qualquer desses casos, será uma leitura agradável – basta você seguir a formiga Anton em sua jornada pelo *Seminário na selva*.

Sabine Asgodom
Treinadora, *coach*, escritora e proprietária
do Asgodom Live, em Munique

Algumas reflexões pessoais para começar

Durante muitos anos, trabalhei como instrutor e coordenador de seminários num grande banco alemão, e gostava muito do que fazia. Confesso sinceramente que não foi fácil sair de lá. Sempre achei que tinha algo de importante e significativo a fazer ali. Pode-se desejar coisa melhor? Mesmo assim, num certo momento, resolvi anunciar minha saída.
Por quê? Quem já tentou sabe como é difícil escrever um livro no escasso tempo livre de que dispõe. Quase sempre acontece algum imprevisto e, quando finalmente sentamos na frente do computador, as idéias fogem. Para resumir, transformei meu passatempo – escrever – em profissão, e minha profissão em passatempo. Coordeno seminários. Não com a mesma freqüência de antes, mas pelo menos de vez em quando. Dessa maneira, tenho contato com pessoas e não corro o risco de me transformar num indivíduo excêntrico, que vive no mundo da lua.
Esta obra inclui, é claro, as experiências que reuni durante minha atividade como treinador. Você com certeza vai reconhecer os participantes de seminário que encontrar no livro, ainda que eu às vezes tenha exagerado um pouco.
Também me esforcei para me tornar um escritor sério (se é que isso existe). O tema central deste li-

vro é o "sucesso". O pressuposto básico é o conhecimento das próprias qualidades, além da disposição para aprender. Unicamente a partir daí é possível progredir conscientemente, ou seja, cultivar seus pontos fortes e aprimorar uma ou outra deficiência. Aliás, isso vale não apenas no âmbito profissional, mas também na esfera pessoal. As regras do sucesso que demonstro no *Seminário na selva* são válidas universalmente. Não são nenhuma novidade. Pelo contrário, não passam de coisas muito óbvias. Leitores mais críticos talvez se perguntem para que serve esta fábula, afinal de contas!

A isso contraponho: não são justamente as coisas mais fundamentais da vida – as obviedades – que as pessoas ignoram com mais freqüência no corre-corre do dia-a-dia? O melhor exemplo: todos nós sabemos que temos apenas uma vida. Mas quantas são as pessoas que tratam o tempo, de fato, como um bem precioso?

O *Seminário na selva* deve abrir os olhos para os fatores de sucesso que são tão evidentes que as pessoas nem lhes prestam atenção ou deles não têm consciência. Deve despertar, sensibilizar e estimular a reflexão. Se isso acontecer, terei atingido meu objetivo.

Convido-os então calorosamente a seguir Anton, a formiga, rumo ao *Seminário na selva*, para... hum, é melhor vocês mesmos lerem!

Boris von Smercek

O primeiro dia

Como acontecia todos os dias, o sol erguia-se no horizonte, dissipando a névoa matinal que encobria a savana africana. As sombras das árvores encolhiam paulatinamente, e a vasta planície começava pouco a pouco a esquentar como um forno. Pássaros gorjeavam nos ramos, antílopes e gnus pastavam a relva seca, girafas esticavam o longo pescoço em direção ao céu. Para a maioria dos animais, tratava-se de uma manhã como as outras.

Mas não para a formiga Anton.

Normalmente, Anton levava uma vida comum de formiga: era diligente, ativo e sempre agitado. Mas regrado! E isso lhe agradava – para falar a verdade, lhe agradava muito, até. Vivia com sua amada Amelie num pequeno nicho meio afastado do centro do formigueiro. O nicho não lhes proporcionava muito conforto, mas era aconchegante e lhes bastava em todos os sentidos. Devido à sua atividade, Anton, de qualquer maneira, não parava em casa. Para grande pesar de Amelie, que adoraria passar mais tempo com seu amado. Mas o que Anton podia fazer? Assim era a vida no mundo das formigas.

Anton tinha um emprego como escavador de túneis, nada que exigisse muito de suas capacidades, mas, de certo modo, era bem variado. Pelo menos, ele viajava bastante. Além disso, seu trabalho era importante. Sem túneis, o formigueiro não funcionava, e somente com uma malha ramificada e provida de galerias e minas d'água é que o conjunto podia operar com perfeição. E, de mais a mais, Anton ganhava grãos de cereal em número suficiente para alimentar a si mesmo e a Amelie.

Sim, de modo geral, Anton estava satisfeito consigo mesmo e com sua vida.

De modo geral.

Não naquele dia, porém. Naquele dia, apesar da areia quente da savana, Anton estava com os pés frios – e, no caso das formigas, os pés são seis. Pois, em vez de tomar um agradável café da manhã com Amelie, como fazia todos os dias, depois ir para o trabalho e voltar para casa à noite, naquele dia não sabia o que o destino lhe reservava.

Sua mochila pesava nas costas. Pensou nos grãos de cereal que Amelie lhe preparara para a viagem, mas não estava com fome. Muito pelo contrário.

Quando se despedira de Amelie, naquela manhã, ela lhe desejara bom divertimento.

Ao que ele respondera: – Obrigado, isso não vai faltar.

Nada mais distante da realidade!

Anton olhou para o céu e enxugou uma gota de suor da testa. Era um suor frio, tão frio quanto seus pés. Se ele soubesse o que o aguardava! A incerteza deixava-o nervoso; nos últimos dias, estivera agitado e inquieto, e cruzara as galerias com tanta freqüência que os colegas indagaram se ele não estaria se preparando para as olimpíadas das formigas.

Esboçaram um leve sorriso! Não podiam deixar o canteiro de obras, para...

Sim, para fazer exatamente o quê?

Anton não sabia. Seu superior, o gerente de escavação de túneis também não lhe informara nada. Tudo o que ele dissera fora: – Alguém da nossa seção precisa participar desse seminário. Quero que você vá, Anton.

Um seminário!

O gerente de escavação de túneis também lhe desejara bom divertimento, fazendo cara de quem estava lhe prestando um favor. E, no entanto, ele sabia exatamente quantos túneis Anton ainda precisava escavar naquele mês e o quanto era importante que ficassem prontos pontualmente. Mas Anton precisava esquecer que o seminário duraria uma semana inteira. Durante sete dias, ninguém trabalharia em seus túneis. Não havia um substituto para ele; seus colegas tinham suas próprias funções. Provavelmente ele ainda receberia mais tarefas nos próximos sete dias. Como faria para executar seu trabalho? Anton tinha vontade de dizer o que pensava para o gerente pelo menos uma vez na vida. O que teria passado na cabeça dele para escolher Anton para participar do seminário? Boa coisa não fora, disso Anton tinha certeza.

Ou será que o gerente de escavação de túneis queria dar a entender, dessa maneira, que não estava satisfeito com o trabalho de Anton? Que Anton era muito lerdo, cavava de modo incorreto ou era

muito minucioso? Essa idéia ainda não lhe ocorrera. Imediatamente seus pés ficaram ainda mais frios do que já estavam. Anton tentou deixar de lado essas preocupações. Até então, sempre tivera a impressão de que seu chefe estava satisfeito com ele. Anton, com certeza, não era nenhum gênio, como aquele colega que, logo depois de se formar em arquitetura, fora nomeado mestre-de-obras dos aposentos da rainha das formigas. Mas também não era tão preguiçoso e desmotivado como aquele outro companheiro que perdia a hora todo dia de manhã, aparecia no trabalho para tomar um gole de suco de piolho e depois continuava dormindo. Não, Anton era um trabalhador correto e de confiança, pelo menos considerava-se como tal.
Estaria equivocado?
Além dessas vagas preocupações, Anton estava sobrecarregado com outro temor, muito maior. Embora ainda não tivesse participado de nenhum seminário, conversara com colegas que já tinham passado pela experiência – ao que parecia, extremamente desagradável. Por intermédio deles, Anton soube que todo seminário transcorria mais ou menos da mesma forma.
No fundo, isso deveria tê-lo tranqüilizado um pouco, mas não foi o que aconteceu. É que Anton ficou sabendo que, além de trabalhos em grupo e palestras, o coordenador do seminário também esperava sua participação em *role-playings* e apresentações – uma perspectiva que transformava seus pés instantaneamente em verdadeiros blocos

de gelo. Ele agora rezava para que os próximos dias lhe fossem razoavelmente favoráveis.

Anton olhou novamente para o céu. A posição do sol indicava que já estava mais do que na hora. A preocupação e os devaneios tinham-no levado a se esquecer completamente da passagem do tempo. Acelerou o passo, o que costumava diminuir seu estresse. Além disso, não queria chegar depois que o seminário já tivesse começado. Em primeiro lugar, porque se sentia constrangido em ter todos os olhares voltados para ele, e, em segundo – e esse era o motivo mais importante –, porque não queria atrair a atenção do treinador do seminário. Se alguém caísse nas suas graças, passaria a ser considerado "voluntário" para toda e qualquer tarefa, e ele queria evitar isso a todo custo.

Assim, Anton ajeitou a mochila nas costas e apressou o passo. "O seguro morreu de velho", pensou. Melhor chegar muito cedo do que muito tarde.

Percorreu durante meia hora e a passo acelerado a savana, que estava cada vez mais quente, até que a paisagem sofreu uma modificação abrupta. O solo arenoso transformou-se em terra fofa e úmida, e a grama ressecada, em arbustos suculentos e samambaias. Até mesmo as árvores pareciam bem diferentes. Se antes eram nodosas e secas, agora exibiam densa folhagem. O teto de folhas brilhava sob o sol, que lançava do céu seus raios incandescentes. Em outras circunstâncias, Anton certamente teria considerado a sombra muito convidativa.

Seu caminho levou-o a atravessar a mata virgem, que se tornava mais ameaçadora à medida que Anton nela se embrenhava. Mais de uma vez, receou estar perdido. Mas quando menos esperava, finalmente chegou. Exausto, mas a tempo. E mais do que isso, ele era o primeiro. Nem mesmo o coordenador do seminário se encontrava lá.

"Paciência!", pensou Anton. Pelo menos posso examinar tudo com calma.

Depois de inspecionar as redondezas, chegou à conclusão de que o seminário iria se realizar num ambiente muito agradável – na medida em que isso fosse possível, em se tratando de um seminário. A clareira na qual Anton se encontrava era iluminada e parecia quase amistosa. De qualquer modo, mais amistosa do que o resto da floresta. Alguns tocos de árvore estavam dispostos em forma de semicírculo em torno de um tronco mais afastado e elevado. À pouca distância dali, Anton descobriu a margem de um rio. No entanto, não ousou aproximar-se, pois, como toda formiga, evitava a água tanto quanto possível. Aliás, ele normalmente evitava tudo o que se encontrasse fora do formigueiro ou das movimentadas trilhas de formigas. Nem nunca se afastara tanto de sua colônia sozinho.

Ele também nunca contrariara seu superior. Isso teria sido muita ousadia.

Conseqüentemente, evitava qualquer confronto direto com o gerente dos escavadores de túneis, conformando-se com seu próprio destino.

Pelo menos até aquele momento não tinha tido motivo de queixa. A clareira, sob a qual o inevitável seminário se realizaria, agradou bastante a Anton.

O que, todavia, não lhe agradou muito foram os outros participantes do seminário, que chegaram aos poucos, atrasados.

Primeiro veio um elefante chamado Elmar, um colosso de animal. Se ele tinha medo de formigas – como se sabe que todos têm, pois elas sobem em sua tromba e podem fazê-lo espirrar –, pelo menos não demonstrou.

"Que pena", pensou Anton. "Gostaria de não ser o único a ter medo de alguma coisa."

Para se distrair e descobrir se Elmar porventura tinha um pouco de medo dele, Anton interpelou o elefante sobre seu estado de saúde.

– Agradeço pelo interesse – respondeu o elefante. Parecia rabugento. – Estou ótimo. E você?

– Também estou ótimo – mentiu Anton. Concluiu que o elefante não tinha realmente medo algum dele. De fato, o paquiderme não parecia temê-lo em absoluto. Afinal, por que o temeria?

Um estalo no mato desviou a atenção de Anton. Tenso, ele olhou na direção do ruído, mas nada aconteceu. Somente alguns minutos depois, Anton ouviu um novo estalo, e antes que pudesse reconhecer qualquer coisa, o elefante segredou: – Movendo-se tão devagar, só pode ser alguém que conheço...

Uma voz rouca, vinda da vegetação rasteira, interrompeu-o: – Feche a tromba, Elmar! Se você tivesse a minha idade, não pronunciaria palavras tão insolentes!

Só depois de alguns minutos, a tartaruga apareceu por entre os galhos baixos. Como se verificou, tratava-se de um senhor decidido, com cento e dezoito anos de idade nas costas, ou melhor, no casco poderoso. Ele iniciara a caminhada duas semanas antes, e se um rinoceronte não o tivesse carregado nas costas durante parte do trajeto, a viagem teria durado muito mais. Quando Anton lhe perguntou seu nome, a tartaruga respondeu que, tendo em vista sua idade, não conseguia mais se lembrar. Esquecera-se dele em algum momento, vinte ou trinta anos atrás. Desde então, passou a ser chamado por todos de senhor T.A.R.

Elmar, que, ao que tudo indicava, não se dava bem com a tartaruga, procurava algum petisco, já que não comia nada havia mais de uma hora. Para ele era um novo recorde, conforme ele próprio salientou. Faminto, afastou-se, com passadas pesadas, para saborear as frutas que havia à disposição na beira da clareira.

Enquanto o elefante se dedicava à refeição, Anton começou a conversar com o senhor T.A.R.

– Está contente com o seminário? – perguntou Anton.

– Contente? – retorquiu o velho senhor encouraçado. – Por que eu estaria contente? Larguei um monte de trabalho por fazer na minha colônia. Não tenho nem coragem de pensar no caos que vou encontrar quando voltar.

O senhor T.A.R. parecia ser um sujeito mal-humorado. Todavia, o que o aproximava de Anton, tornando-o um pouco mais simpático, era a aversão aos sete próximos dias.

Será que a tartaruga sabia mais alguma coisa sobre o seminário? Anton estava querendo lhe perguntar quando o macaco apareceu.

– Ora, ora, quem é que encontramos por aqui? – indagou ele. – Duas figuras que parecem ter saído de um velório. O que está acontecendo com vocês? Com essa cara, vocês são capazes de assustar até animais selvagens.

A tartaruga resmungou qualquer coisa, contrariada.

– Que bicho mordeu você? – perguntou o macaco. – Ou já está perdendo o controle porque tem de participar de novo do seminário? – Os dois pareciam já se conhecer.

A tartaruga grunhiu de novo, mal-humorada, o que de modo algum diminuiu o bom humor do macaco. – E quem é este anão aqui? – Ele se curvou na direção de Anton, para tê-lo melhor ao alcance dos olhos. – Por acaso esse cara rabugento é seu filho, senhor T.A.R.? – Ele mal tinha pronunciado a última palavra, quando soltou uma sonora gargalhada. A partir desse momento, ficou evidente para Anton que o macaco não passava de um bobalhão.

– Seu nome é Alfons – sussurrou a tartaruga para Anton, quando o macaco se afastou para cumprimentar o elefante. – Um espírito inquieto. Não consegue ficar parado um minuto. Ele se julga muito inteligente e gosta de fazer brincadeiras, na maioria das vezes às custas dos outros. Bem, você ainda vai conhecê-lo. É melhor não ligar para as besteiras que ele fala.

Anton virou-se, pois queria dar mais uma olhada no engraçadinho sem graça, mas ficou paralisado de medo quando viu um gigantesco buraco negro, cercado por punhais afiados como facas. Só quando o buraco se fechou é que Anton percebeu que estava olhando para a boca de uma fera.

– Por que não olha para onde boceja, Lea? – reclamou a tartaruga. – Quase matou o tampinha de susto.

Anton estava muito atordoado para se incomodar com o fato de ter sido chamado primeiro de "anão", depois de "tampinha". Percebeu que seu corpo inteiro estava tremendo.

– Oh, sinto muito! – disse a leoparda. – Mas seu tom de voz soou aborrecido, como se ela não estivesse ligando a mínima. Apesar disso, continuou: – Não tive a intenção de assustá-lo, baixinho. Ainda estou cansada, pois só faz dez minutos que estou de pé. Até aqui foram parcos dez quilômetros. Preciso primeiro acordar direito. – Bocejou mais uma vez, espreguiçou-se e, dando um pulo formidável, saltou para um toco de árvore.

– Dez quilômetros em dez minutos – sussurrou a tartaruga, com desdém. – Que pretensiosa!

– Pelo visto ela faz parte do grupo dos ligeiros – disse Anton, que gradualmente se recuperava do choque.

– Se ela se levantasse na hora certa, não precisaria correr tanto! – resumiu o senhor T.A.R. – Como não poderia deixar de ser, ainda está faltando a águia.

– A águia? – repetiu Anton, inseguro, pois sabia que os pássaros se alimentam de formigas.

– Sim – respondeu a tartaruga. – Mas você não precisa se preocupar. Ela não vai lhe fazer mal algum. Formigas não fazem parte de seu cardápio. Não é nada contra você, tampinha, mas no que diz respeito a comida, a águia é bastante exigente. Aliás, ela não deixa de ser original. Seu nome é Eduard, mas ela se intitula *King* Eduard. Acho ridículo, mas que se há de fazer? De qualquer modo, a águia é a rainha dos ares. Talvez essa seja a razão pela qual ela nunca chega na hora ao seminário. Provavelmente, tem coisas mais interessantes para fazer.

A tartaruga ainda nem tinha acabado de falar quando Anton ouviu um farfalhar, seguido de um bater de asas e, antes de se dar conta, quase foi levado pelo vento. Conseguiu ainda agarrar-se a uma folha da grama. Depois, a corrente de ar cessou tão rápido quanto tinha vindo, e Anton caiu no chão. Quando conseguiu se colocar de pé, constatou que não fora a águia a responsável por esse pequeno incidente, mas sim a dona coruja, que parecia tão idosa quanto o senhor T.A.R.

– Um maravilhoso dia para todos! – disse ela, dirigindo-se ao grupo. Seus olhos de bola de gude, preto-amarelados, emprestavam-lhe um ar de inteligência e autoridade natural. – Estou vendo que estamos quase todos aqui. Ótimo! Ótimo!

– Você veio no lugar da águia? – perguntou o elefante, ainda ocupado com a refeição.

– Não, não – disse a coruja. – Meu nome é Minerva. Vou guiá-los nos próximos sete dias durante o seminário.

Anton e o senhor T.A.R. assumiram seus lugares, ao lado da leoparda. O elefante sentou-se, ainda mastigando ruidosamente. Só o macaco não tinha pressa.

– Devagar com a coruja – brincou ele, depois de dirigir-se finalmente para seu toco de árvore.

Minerva não ouviu a brincadeira ou, pelo menos, agiu como se não tivesse ouvido. – Vamos lá! Já estamos um pouco atrasados – disse ela. – Algum de vocês sabe onde a águia se meteu?

Todos balançaram negativamente a cabeça.

– Então acho que deveríamos começar – afirmou ela. Pronunciou algumas palavras introdutórias, manifestou sua alegria pelos dias que tinham pela frente e ressaltou estar certa de que cada um iria aprender alguma coisa naquele seminário. *Coisas importantes.*

Isso soou particularmente promissor.

Depois do discurso de boas-vindas, seguiu-se a rodada obrigatória de apresentações. Como explicou Minerva, era importante que se conhecessem um pouco melhor, especialmente num seminário como aquele.

"Vai saber o que isso significa", pensou Anton.

A própria Minerva deu o exemplo, relatando sua vida, cheia de peripécias. Ela já tinha exercido muitas profissões, dentre as quais a de espiã e a de especialista em ratos, mas também já se dedicara à administração e trabalhara com construção de ninhos.

Sua versatilidade granjeou-lhe o respeito do grupo, pois era evidente que seus conhecimentos não eram unicamente teóricos, mas também práticos.

Minerva continuou a relatar que, alguns anos antes, começara a ensinar a outras corujas a arte do vôo noturno. Num certo momento, percebeu que não queria dar aulas unicamente para corujas. Além disso, vôo noturno não era o único tema importante. Havia tanta coisa que aprendera e tanta coisa que queria ensinar aos outros! Foi assim que se tornou treinadora, a fim de poder, a partir de então, ensinar a todos os animais.

Quando Minerva concluiu seu relato e solicitou aos participantes que cada um apresentasse seu currículo, Anton quase teve uma parada cardíaca. Sem se dar conta, ele se postara num dos dois troncos mais externos, correndo grande risco, portanto, de ser o primeiro a ter que falar.

Caramba!

Por sorte, o elefante começou voluntariamente na outra extremidade do semicírculo. Anton ficou tão aliviado que nem conseguiu prestar atenção às palavras de Elmar. Muito menos ao que disse Alfons, o macaco. Como a águia ainda não tinha aparecido, ela foi pulada. Com isso, chegou a vez da leoparda. O alívio de Anton transformou-se em tensão, pois logo seria sua vez de dizer algo. Ele formulou as palavras mentalmente, quando o senhor T.A.R. já iniciava sua apresentação.

Pouco depois, foi a vez de Anton se apresentar. Disse seu nome, sua idade e descreveu sua tarefa no formigueiro. Não gaguejou e pareceu, aos próprios olhos, relativamente autoconfiante. Tudo correu de modo perfeitamente satisfatório. Quando terminou, respirou aliviado. Tinha superado o primeiro obstáculo!

Minerva, a coruja, agradeceu a todos e já ia passar para o tema do seminário propriamente dito, quando se ouviu um grito estridente, e um novelo de penas precipitou-se do céu. Pouco antes que um bico amarelo e encurvado, que se destacava como uma flecha, atingisse o solo, abriu-se um gigantesco par de asas. O vôo íngreme interrompeu-se de forma abrupta e duas garras pousaram mansamente no tronco de árvore que permanecera vazio.

– Por acaso estou um pouco atrasada? – perguntou a águia, embora fosse evidente que estava. Anton teve de admitir que ela, de fato, irradiava uma dignidade aristocrática. *King* Eduard não formulou nenhum pedido de desculpas, dizendo apenas: – Hoje de manhã precisei cuidar de alguns negócios importantes e extremamente urgentes. Vocês com certeza entendem minha situação.

Minerva confirmou com a cabeça, indulgente, dizendo, sem qualquer demonstração de rancor: – Que bom que estamos todos aqui. Como todos provavelmente sabem que você é a rainha dos ares, acho que, no seu caso, podemos dispensar a apresentação. Em vez disso, eu gostaria de lhes apresentar o tema do nosso seminário. – Ela fez uma pausa significativa, dizendo depois: – *Sobrevivência na selva.*

Suas palavras ainda estavam no ar quando a tartaruga recomeçou a resmungar. – Que maluquice! – exclamou, de modo a ser ouvida por todos, inclusive por Minerva.

O elefante demonstrou igualmente pouco entusiasmo. – O senhor T.A.R. e eu geralmente não temos a mesma opinião – bramiu ele –, mas, neste caso, tenho que lhe dar razão. Por mais que me esforce, não consigo imaginar em que esse seminário me possa ser útil.

A leoparda e a águia concordaram, alegando que ambos não moravam de modo algum na selva, mas na savana, ou seja, a céu aberto. Evidentemente, houvera algum equívoco na escolha dos participantes.

– Garanto a vocês que não há nenhum equívoco – disse Minerva. – Embora o seminário tenha recebido muitas inscrições, eu mesma os selecionei. Não existe qualquer possibilidade de erro!

O macaco, que até então não se manifestara, deu de ombros, comentando com os outros: – Por que não aproveitamos o seminário? *Sobrevivência na selva...* parece interessante. De qualquer modo, vou participar.

– Fico muito contente, Alfons – disse a coruja. – É claro que não vou obrigar ninguém a ficar. Mas peço a vocês que me dêem um voto de confiança. Estou plenamente convencida de que cada um de vocês vai aproveitar as experiências dos próximos sete dias. Envolvam-se nessa aventura, vocês não vão se arrepender.

"Aventura?", pensou Anton. Se seus pés já não estivessem congelados, ficariam naquele exato momento.

Mas, depois de todos se declararem dispostos a dar pelo menos uma chance ao seminário, ele não queria ser uma exceção. Por isso, deixou de lado seus receios e fez cara de satisfeito.

– Antes de começar de verdade, vocês precisam ter consciência de uma coisa – disse Minerva. – Quero que fique claro para vocês qual é seu maior ponto forte. Cada um de vocês tem uma importante função a cumprir em sua profissão. Vocês mesmos relataram isso. Mas vocês já se perguntaram qual é sua maior qualidade? – Ela aguardou por um momento que a frase fizesse efeito, antes de continuar, com voz melodiosa: – Pensem um pouco e voltem-se para dentro de si mesmos. Tenho certeza de que cada um vai descobrir em si algo especial.

Saiba qual é seu ponto forte!

Anton engoliu em seco. Quais seriam seus pontos fortes? Ele era apenas uma entre milhões de formigas em seu formigueiro. Um entre as centenas de milhares de escavadores de túnel, que eram mais ou menos iguais. Talentos especiais de cada um? Nunca ouvira falar disso. Quem trabalhava como escavador de túnel era um escavador de túnel, ora. As babás eram babás, os soldados eram soldados. Sempre fora assim. Só assim o sistema funcionava.

Anton deu uma espiada no grupo, observando um por um: Elmar, o elefante, Alfons, o macaco, *King* Eduard, a águia, Lea, a leoparda, e, por fim, o senhor T.A.R., a tartaruga. Todos pareciam não ter problema algum para encontrar seu ponto forte. No caso de alguns, Anton podia até adivinhar o que estavam pensando.

Lea foi a primeira a se mostrar pronta e logo assumiu um ar entendiado. Elmar, *King* Eduard e mesmo o até então vagaroso senhor T.A.R. não precisaram pensar muito. Apenas o macaco coçava o pêlo, perdido em pensamentos, mas isso só porque, assim pareceu a Anton, ele não conseguia decidir, entre suas muitas qualidades, qual era a principal. Por fim, fez sua escolha.

Agora só faltava Anton. Mas, por mais que ele refletisse, não lhe ocorria nenhuma idéia. Unicamente *nervosismo* e *agitação*, mas isso não servia como qualidade. Se Minerva o chamasse naquele momento, ele ficaria muito constrangido.

Por um momento, Anton pensou na possibilidade de correr algumas vezes pela clareira para descarregar a tensão. Como isso todavia não fosse possível, sem atrair sobre si a atenção de todos, mudou de idéia. E se fingisse estar doente ou usasse outra desculpa para ir embora? Poderia alegar, por exemplo, que, depois de uma reflexão madura, chegara à conclusão de que não poderia ficar afastado de seu posto de trabalho por sete dias.

Isso era ridículo! Ele não vencera uma longa distância para chegar ali e desistir logo de cara. Já que estava ali, ia tirar o melhor proveito da situação. Então decidiu: se não possuía nenhuma qualidade especial, pelo menos podia aprender algo com os outros animais.

Agora que tinha tomado uma decisão, Anton respirou aliviado e estava se preparando intimamente para se manifestar, quando a coruja tomou a palavra: – Vejo que cada um de vocês já fez sua reflexão. Muito bom! Muito bom!

O macaco levantou a mão, mostrando que gostaria de começar.

Minerva, porém, disse: – Cada coisa a seu tempo, Alfons. Não quero comentar neste momento as qualidades de vocês. – Piscando, acrescentou: – Devagar com a coruja, não é?

O macaco sorriu e soltou os braços. Anton também sorriu, contente por não fazer má figura logo de saída. Talvez lhe ocorresse alguma outra qualidade até que a coruja voltasse ao tema.

Minerva continuou a falar, dessa vez dirigindo-se a todos: – Não se preocupem. Cada um de vocês vai ter chance de mencionar seu ponto forte. Vamos abordar o tema em detalhes. E tem mais: na nossa viagem, vocês vão poder até mesmo mostrar suas qualidades.

O sorrisinho de Anton desapareceu. Será que ele a ouvira pronunciar a palavra "viagem"?

O senhor T.A.R. pigarreou e formulou a pergunta que evidentemente preocupava a todos: – Hã! O que você quer dizer exatamente com *viagem*?

Foi a vez de Minerva sorrir. Não de forma maldosa, astuta ou presunçosa. Antes, com ar misterioso. – Venham – disse ela. – Quero lhes mostrar uma coisa.

A coruja conduziu o grupinho pela mata em direção à margem do rio, onde havia uma jangada presa a uma raiz nodosa. Ela flutuava indolente na correnteza suave e era imensamente grande para os padrões de Anton. Pelo menos dez formigueiros caberiam ali. As dimensões impressionantes, contudo, não contribuíram para que Anton se acalmasse. Pois, mesmo que o flutuador gigante parecesse robusto, sem dúvida fora construído para se deslocar dentro d'água.

Água!

Justamente o elemento que Anton mais detestava. De longe, ele preferiria caminhar. Preferiria também escavar um túnel que chegasse até o Pólo Norte, se necessário. Concordaria até mesmo com uma viagem aérea nas costas do albatroz gigante. Mas andar de jangada? Naquele seminário, tudo parecia conspirar contra ele.

Anton não era o único cético. Com exceção do macaco, todos já tinham perdido o gosto por aventuras. *King* Eduard torceu o bico, como se dissesse que uma jangada não estava à altura de sua posição social. Elmar parecia perguntar se seu peso não transformaria a plataforma de madeira numa jangada subaquática.

– Essa viagem precisa mesmo ser no rio? – rosnou a leoparda. – Isso vai servir para quê? Poderíamos muito bem passear pelas margens.

– Claro, para você seria perfeito – replicou a tartaruga. – Faz catorze dias que estou caminhando. Ainda que eu não morra de amores por nenhum rio, minha opinião é: chega de caminhar! É melhor subir logo na jangada!

Seguiu-se um acalorado e interminável debate sobre os prós e os contras de uma viagem fluvial.

Depois de muitas idas e vindas, Minerva, por fim, interveio na discussão. – Podem confiar em mim mais uma vez? – disse ela, elevando o tom de voz. – Acreditem, escolhi a jangada por uma boa razão. Faz parte da nossa lição de hoje.

– Vamos ter que aprender algo sobre essa, hum, *coisa*? – perguntou a águia, incrédula.

– Não apenas sobre a jangada – retorquiu Minerva –, mas também sobre a selva, o rio e, em última análise, sobre vocês próprios.

Anton não estava entendendo patavina. O que aquela maldita selva, aquele maldito rio e, principalmente, aquela maldita jangada tinham a ver com ele, Anton, a formiga?

– Prometo a vocês – continuou Minerva – que todos vão entender o que tenho em mente até o final do dia.

Aparentemente, foi a curiosidade que deu a última palavra para que os animais superassem a aversão à jangada. O próprio Anton ficou interessado em saber o que a velha coruja pretendia em relação a eles. Quando Elmar também tratou de colocar suas poderosas costas de elefante à disposição daqueles que não sabiam nadar ou voar, as últimas resistências foram deixadas de lado.

O debate tinha despertado a fome de todos; além disso, o sol já ia alto no horizonte.

– Está mais do que na hora de almoçar! – vociferou Elmar. – Estou morrendo de fome.

Anton, que estava com dor de estômago por causa do alvoroço matinal, tirou o cereal da mochila e ofereceu-o ao elefante. Ele primeiro agradeceu, recusando, mas depois apanhou um bocado com a ponta da tromba, quando Anton já ia guardando os grãos de volta na mochila.

– Um tira-gosto não faz mal a ninguém – disse Elmar, mastigando com deleite. – Pelo menos, eu me agüento até a hora de comer as frutas. Obrigado, baixinho! Você salvou minha vida.

Finalmente fizeram uma pausa, pois o calor opressivo, que imperava mesmo à sombra, deixava todos esgotados. A maioria aproveitou a ocasião para tirar uma soneca.

Anton bem que tentou fechar os olhos, mas logo percebeu que não iria conseguir dormir. Seus pensamentos giravam em torno de Amelie e dos túneis do formigueiro que deveriam estar prontos até o final do mês. De todo modo, era uma tarefa difícil de cumprir, e, se ele faltasse durante sete dias, obviamente não conseguiria terminar o serviço a tempo.

Anton suspirou. A perspectiva de precisar se esforçar duas vezes mais na semana seguinte representava um grande peso para ele.

Depois de estarem todos novamente reunidos na beira do rio, Minerva esclareceu o que os aguardava nos próximos dias.

– A partir deste ponto – indicou ela com a asa o local em que a jangada estava amarrada –, vamos viajar rio abaixo por uma semana. Como vocês estão vendo, a água flui bem lentamente. Vai ser assim na maior parte da viagem. Mesmo que tenhamos que superar alguns obstáculos, ninguém vai se machucar. Não se preocupem caso fiquem desorientados devido às muitas curvas do rio. Já acompanhei inúmeros grupos em seminários como este.

Hoje é segunda-feira. Pela minha experiência, iremos atingir nossa meta no domingo, por volta do meio-dia.

– Como vamos reconhecer a meta? – perguntou o senhor T.A.R. – Eu não gostaria de passar por ela sem perceber.

– É um local em que duas palmeiras gigantescas se cruzam sobre a água – respondeu Minerva. – É possível que erremos o caminho algumas vezes. Em alguns momentos, o leito do rio se ramifica. Mas quando estivermos próximos da meta, iremos reconhecê-la, isso eu posso garantir.

– Isso é tudo? – perguntou a tartaruga, desconfiada. – Trata-se apenas de alcançar duas palmeiras que se cruzam?

– Bem, é claro que vocês precisam atingir o objetivo *em perfeito estado* – explicou Minerva. – Talvez consigam até mesmo curtir um pouco a viagem.

– O quê? Curtir uma viagem rumo ao desconhecido? – protestou o senhor T.A.R. – Nunca, jamais!

– Pelo menos tente – sugeriu Minerva. – Talvez não seja tão ruim quanto você está imaginando.

– E como vamos voltar para cá depois de atingir a meta? – perguntou a tartaruga. – Uma semana descendo o rio de jangada vai me custar quatro semanas de caminhada pela margem na volta.

– Não se preocupe – retorquiu a coruja. – Eu já providenciei transporte para a volta. Alguém tem mais alguma pergunta ou quer fazer mais algum comentário?

Ninguém se manifestou.

– Muito bem – disse Minerva. – Embarquemos, então.

Falar é fácil. O maior problema foi Elmar e seu peso descomunal. Primeiro, o grupo adotou a seguinte tática: Elmar para a direita, os outros para a esquerda, mas logo ficou claro que faltava pelo menos um rinoceronte para equilibrar a jangada.

– Talvez o contrário funcionasse: Elmar para a esquerda, os outros para a direita – sugeriu o macaco, mas só ele riu da brincadeira.

O elefante, que pouco antes do embarque ainda providenciara um estoque de frutas, enrubesceu um pouco ao dizer: – Lamento o incômodo. Provavelmente é porque acabei de comer. E se tentássemos de novo mais tarde?

– Receio que não haja grandes mudanças – rosnou a leoparda. – Você *sempre* acaba de comer alguma coisa.

Depois de mais algumas tentativas frustradas, chegaram a um acordo: Elmar ficaria no meio da jangada. Isso pelo menos dava à embarcação estabilidade suficiente para que os outros se movimentassem livremente. Depois de um pouco de treino em água rasa, os animais perceberam que até mesmo Elmar podia caminhar um pouco, desde que fosse cuidadoso, e o macaco, a leoparda e a tartaruga servissem como contrapeso do outro lado da embarcação.

Pouco depois, levantaram âncora. Minerva soltou as amarras, voou até a extremidade dianteira da jangada e ali permaneceu, como uma carranca de proa. Anton, logo atrás dela, observava a jangada girar aos poucos na correnteza, distanciando-se lentamente da margem. Agora já não havia mais possibilidade de volta.

Em seguida, os animais trataram de familiarizar-se com a vida a bordo. Assim como todos os outros, Anton precisou acostumar-se à plataforma flutuante. Aos poucos, contudo, habituou-se ao suave vaivém, e começou a movimentar-se com mais desenvoltura, especialmente tendo em vista que as toras de madeira estavam tão unidas umas às outras que seria impossível que ele, por descuido, deslizasse por entre elas e caísse na água. À noite, quase teve a sensação de ter solo firme debaixo dos pés.

A segurança cada vez maior também aguçou sua sensibilidade para a beleza da natureza. Ele nunca havia contemplado a mata virgem da perspectiva do rio, nem nunca tivera diante dos olhos imagens tão impressionantes. Embora ainda não soubesse com certeza para que iria servir aquela viagem, tinha de admitir que pelo menos a paisagem valia a pena. Se tivesse anunciado alguma doença naquele dia pela manhã ou alegado acúmulo de trabalho para retornar ao formigueiro – possibilidade que por alguns breves momentos levara em consideração –, teria perdido esse panorama de tirar o fôlego. E teria sido realmente uma pena. A visão para além do estreito horizonte de seu formigueiro era esplêndida. Até aquele momento, não conseguia entender a aversão de suas colegas formigas pelo seminário. Mas os próximos dias certamente se encarregariam de lhe mostrar.

Anton teria ficado horas e horas admirando a bela paisagem se o sol não tivesse se aproximado do horizonte, o que possibilitou à coruja cumprir a promessa que fizera antes do almoço.

– Hora da primeira lição – disse ela na roda. – Afirmei que havia uma razão para eu ter escolhido uma jangada como meio de transporte.

– Foi para que aprendêssemos algo sobre a jangada, o rio e a selva – observou o macaco.

– Mas principalmente algo sobre vocês próprios – completou Minerva, novamente com aquele sábio sorriso circundando o biquinho encurvado. – É melhor vocês se dividirem de modo que cada um tenha espaço nas laterais – continuou ela. – Mas prestem atenção para a jangada não se inclinar para o lado de Elmar.

Os participantes seguiram a solicitação da coruja. Anton, o senhor T.A.R., Alfons, Lea e *King Eduard* dirigiram-se para o boreste, Elmar permaneceu mais ou menos no centro, apenas esticando o pescoço para o bombordo.

– Ótimo, ótimo – disse Minerva. – Como vocês sabem, o tema do nosso seminário é *Sobrevivência na selva*. E apesar de nem todos vocês viverem nessa selva, prometi que todos tirariam proveito deste seminário.

– Assim é – concordou a leoparda. – E ai de você se estiver mentindo.

– Exatamente – reforçou a águia –, ai de você se estiver mentindo. É que não consigo imaginar o que seu treino de sobrevivência poderia me oferecer. O ar é meu lar. Não vivo na selva nem nunca vou viver.

Minerva balançou a cabeça, concordando. – Tomara que você tenha razão – respondeu. – Mas, se me permite a pergunta, não vivemos todos, de uma forma ou de outra, numa selva?

– O que você quer dizer com isso? Lá vem você com suas viagens psicológicas.

– A pergunta é para valer – disse Minerva. – Mesmo que não seja uma selva com samambaias, arbustos e árvores, cada um não vive em sua própria selva? Num matagal, para nós muitas vezes aparentemente impenetrável de obrigações e deveres que precisamos cumprir? Numa vida, sobretudo a profissional, que se tornou tão complicada, que às vezes não sabemos dizer o que é importante e o que deixou de ser?

Quem consegue se orientar em sua própria selva consegue governar a própria vida.

Anton começou a entender aonde a coruja queria chegar. E teve de reconhecer que, no caso dele, ela acertara na mosca.

– Quem consegue se orientar na selva, consegue governar a própria vida. Para isso, existem algumas regras simples. Na medida em que formos passear pela selva real que temos pela frente, iremos conhecê-las e descobrir em qual situação usar qual regra. Contudo, quero lhes revelar uma coisa: aprender as regras é importante, mas não muito difícil. A verdadeira arte é saber aplicá-las.

Não é muito difícil aprender as regras. A verdadeira arte é aprender a aplicá-las.

– Bom, bom, bom – disse a leoparda. – Quer dizer então que vamos aprender aqui alguma coisa sobre a selva da vida. Até aqui entendi. Mas ainda falta explicar exatamente por que precisamos permanecer em cima deste suporte oscilante.

Minerva voltou a balançar afirmativamente a cabeça. – Exatamente por isso pedi a vocês que ocupassem um lugar na borda da jangada – disse ela. – Desse lugar, vocês enxergam melhor a água, pois é no rio que se encontra a primeira resposta à pergunta de como vocês podem sobreviver melhor na selva.

– A primeira resposta se encontra no rio? – Parecia difícil de acreditar.

– Sim. Embora possamos conhecer melhor quando voamos, como é o meu caso, isso não é imprescindível. Olhe para ele, Lea. Vocês todos, olhem para ele. Nossa primeira lição é a resposta à pergunta: *o que há no rio*?

Passaram-se alguns instantes antes de a leoparda dizer: – Água.

– E o que mais? – perguntou Minerva.

– Pedras – disse a tartaruga.

– E o que mais?

– Galhos partidos e folhas que flutuam na superfície – opinou *King* Eduard.

– Sim, e o que mais?

– Peixes – disse Elmar, que, como supôs Anton, já estava pensando em comida.

– Tudo isso está correto – disse a coruja. – Mais alguma coisa?

– Depois de passados mais alguns instantes, Alfons comentou de repente: – Estou vendo um macaco!

Anton já estava começando a se irritar com essa contribuição humorística do tão divertido macaco, quando percebeu que Alfons provavelmente se referia à sua imagem refletida.

– Muito bem – retorquiu Minerva prontamente.
– Além disso, há mais alguma coisa no rio?

Anton sabia que essa era a sua vez de dizer algo. Todos já tinham se manifestado. Deixou então que as impressões tomassem conta dele mais uma vez, mas ao mesmo tempo havia tanta coisa para ver, que ficou completamente atordoado. Via a água, as pedras, os galhos partidos e as folhas boiando na superfície, peixes, a imagem refletida de Alfons, dos outros e de si próprio. Reconheceu também o reflexo das gigantescas árvores e o brilho azul-avermelhado do céu ao entardecer. Tudo isso exigia demais dele. Longe, lá longe, ele ouviu mais uma vez a pergunta da coruja: – O que há no rio?

E, antes de conseguir ordenar seus pensamentos, Anton respondeu: –Tudo.

Durante alguns momentos insuportavelmente longos, ninguém disse nada. Anton já estava com a sensação de que deixara escapar algum comentário incrivelmente estúpido. Porém, sem perceber, acertara na mosca com sua resposta.

– É exatamente isso o que eu queria que vocês percebessem com a viagem de jangada! – disse a coruja. *Tudo está no rio!* E quer queiram, quer não, vocês estão dentro dele. Mesmo quando vocês amarram sua jangada em algum lugar, a água continua a fluir. E se não soltarem as cordas de vez em quando, não chegarão a lugar nenhum. Mas, se vocês resolverem navegar, irão vivenciar e aprender muita coisa. Nos próximos dias, irão descobrir que

Tudo está no rio! E quer queira, quer não, você está dentro dele.

não faz nenhuma diferença atravessar uma selva real ou a selva de suas vidas. As estratégias de sobrevivência são as mesmas. Considerem a viagem de jangada simplesmente um símbolo de sua vida profissional, aliás, de todos os aspectos de suas vidas. Tenho certeza de uma coisa: temos diante de nós uma viagem empolgante.

Pouco depois, aportaram numa clareira da margem. Enquanto o sol desaparecia por completo no horizonte, dando lugar à lua e às estrelas, os animais prepararam seu acampamento noturno. Quis o acaso que um enxame de vaga-lumes dançasse sobre eles. Assim, Minerva, Elmar, Alfons, King Eduard, Lea, o senhor T.A.R. e Anton ficaram sentados bastante tempo, contando uns aos outros, em atmosfera agradável, todo tipo de histórias engraçadas que tinham vivido ou das quais tinham ouvido falar. Só quando o enxame de vaga-lumes foi embora é que eles decidiram ir dormir.

Anton, que não estava muito cansado, contemplou o céu noturno iluminado pelas estrelas. Pensou em Amelie e no primeiro dia de seminário. Ocorreu-lhe novamente que se propusera, na medida do possível, a aprender com os outros animais enquanto estivesse ali. Embora nenhum dos participantes tivesse mencionado seu ponto forte, Anton tinha entendido uma coisa. Uma coisa muito, muito importante. Uma coisa óbvia, na qual ele até então nunca pensara. Para não correr o risco de esquecê-la no futuro, escreveu a primeira lição em um pedaço de folha de palmeira:

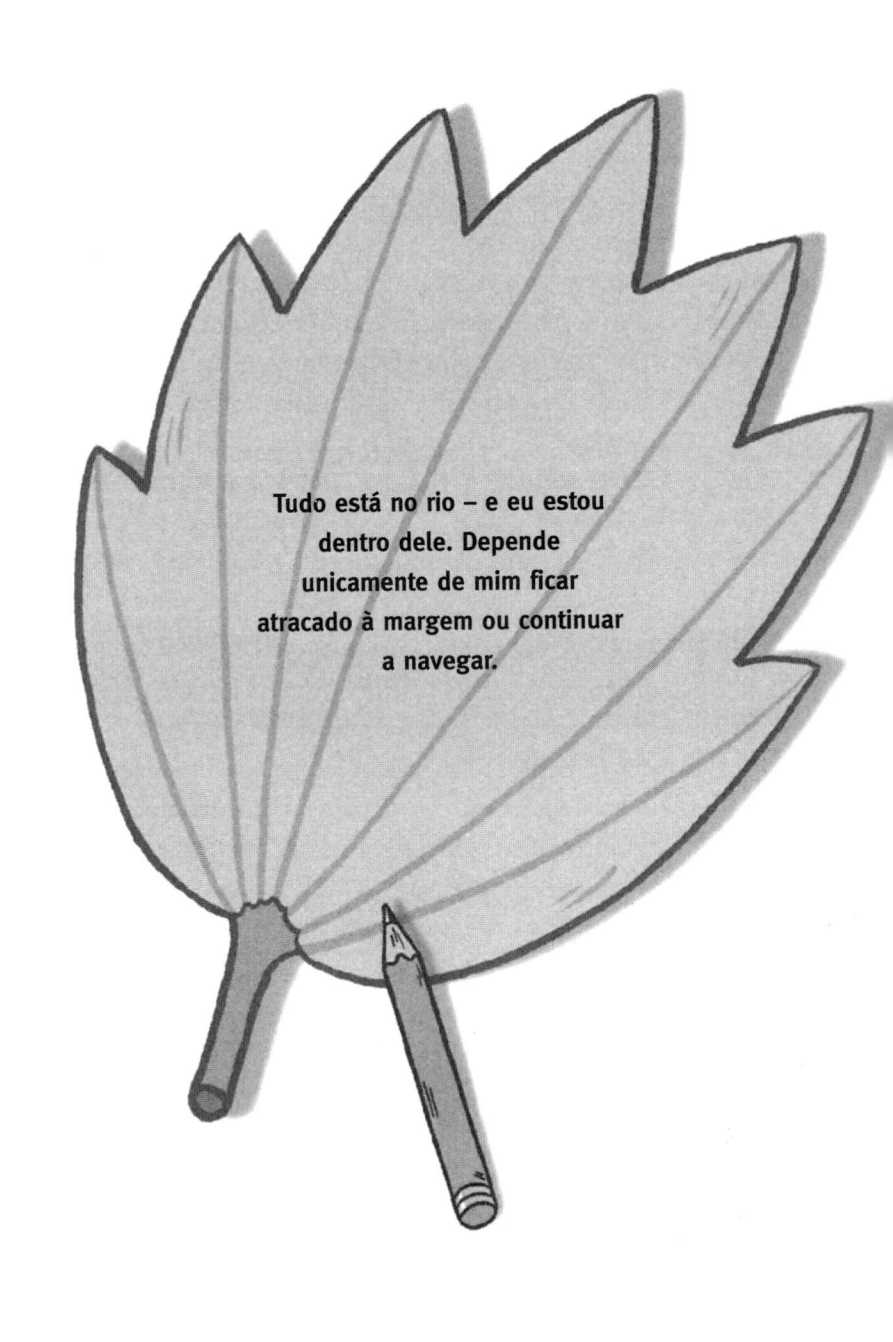

Tudo está no rio – e eu estou dentro dele. Depende unicamente de mim ficar atracado à margem ou continuar a navegar.

O segundo dia

Não era de estranhar o fato de Anton não dormir bem à noite. Os ruídos da mata virgem eram demasiado estranhos e assustadores. Mais de uma vez ele acordou sobressaltado para se certificar de que a jangada não se desprendera e de que não havia nenhum devorador de formigas nas redondezas. Os sussurros, rosnados e guinchos, que podiam ser ouvidos da margem, impediram-no de pregar o olho por um bom tempo. Mesmo depois de ter se arrastado para debaixo da orelha de Elmar, demorou para que ele se sentisse seguro.

Teve, portanto, bastante tempo para refletir. Perguntou a si próprio se esta não seria outra lição a ser aprendida ali: quem aceitasse o desafio, considerando a travessia da selva uma aventura, tinha de ser corajoso o suficiente para enfrentar os perigos. Em casa, em seu formigueiro, estava bem protegido. Lá não corria riscos. Com certeza, em casa teria a mesma rotina, todo santo dia.

Somente aquele que se arrisca em algo novo viverá a vida plenamente.

Ali, pelo contrário, era tudo novidade, e isso muitas vezes lhe inspirava medo. Mas, de certo modo, era excitante. Em todo caso, fazia tempo que Anton não se sentia tão vivo.

Quando o sol apareceu, ele ainda estava sentindo aquele friozinho na barriga. Era uma estranha mistura de nervosismo e curiosidade, medo e coragem, cautela e espírito de iniciativa. Anton suspeitava que fosse algo comparável ao espírito pioneiro. De fato, ele próprio nunca se imaginara em semelhante situação; apenas conhecia as histórias do conselho de anciãos sobre as etapas de fundação do formigueiro. Para Anton, essas histórias sempre pareceram perigosas, e ele ficava contente com o fato de não viver mais naquela época. Nunca sequer sonhara que o espírito pioneiro pudesse ser tão excitante. A única coisa que ainda lhe dava um pouco de frio na barriga era a possibilidade de a coruja indagá-lo sobre seu ponto forte. Ainda não lhe ocorrera nada para dar como resposta.

Depois do café da manhã, Minerva iniciou alguns exercícios de aquecimento. Como ela mesma explicou, era para despertar a mente e o corpo e expulsar o cansaço dos membros. Eles se esticaram, fizeram alongamento, inspiraram, expiraram, curvaram-se para a frente, voltaram, descreveram círculos com as pernas e com a cabeça. Como a última manobra se revelasse meio arriscada, pois a tromba rodopiante do elefante bateu em algumas penas da águia, Minerva achou que era suficiente.

Numa roda fechada, resumiram os ensinamentos do dia anterior. Além disso, Minerva queria saber como estava o humor da cada um.

Anton foi sincero, dizendo que, embora ainda não entendesse direito o que ia acontecer naquela viagem, estava ansioso pelo restante do seminário, coisa que, na véspera, tinha considerado impossível.

O *feedback* dos outros foi diferente. Para a leoparda, a viagem estava muito lenta. – Se fôssemos correndo, poderíamos atingir nossa meta hoje, e não no domingo – opinou, bocejando. – Mas, já sei: nesse caso não estaríamos mais no rio, não é mesmo? – Parecia que lhe era indiferente a maneira pela qual eles atingiriam a meta; o mais importante era andar depressa.

– Se fôssemos a pé, não precisaríamos racionar tanto a comida – disse o elefante, que pela manhã havia comido mais frutas do que um formigueiro inteiro comeria num ano. – Acho que entendemos aonde você quer chegar, Minerva. Mas agora, já podemos caminhar em terra firme.

Até mesmo o senhor T.A.R. não tinha mais nada contra uma caminhada, sobretudo depois de Elmar tê-lo prevenido contra o perigo de cair da jangada de costas na água. Anton ouviu a conversa por acaso no café da manhã. Elmar disse que tartarugas deitadas de costas na água poderiam ir boiando até o fim do mundo. Anton pensou que fosse brincadeira. O senhor T.A.R., porém, levou a sério. Além disso, era meio avesso a experiências. E esse seminário era uma experiência. Definitivamente!

Só o macaco defendeu que continuassem a fazer o que Minerva planejara. – Sou da mesma opinião que o anãozinho – disse ele, apontando para Anton, que não sabia se devia se sentir feliz ou irritado. – Ainda não consigo avaliar em que essa viagem vai nos beneficiar, mas uma coisa é certa: se continuarmos a pé e alcançarmos a meta hoje à noite, não nos envolveremos de forma tão intensa com esse rio, com a selva e, conseqüentemente, com nossas vidas, quanto se nos permitirmos ficar até domingo.

– Você não tem nenhum trabalho esperando por você enquanto está fora? – perguntou o elefante.

– Claro que tenho, como qualquer um de vocês – respondeu Alfons. – Será que vocês têm idéia da dificuldade de receber aprovação em nosso setor para participar de um seminário? Perguntei ao meu chefe como fazer para ser mais bem-sucedido. Então ele pegou nas mãos sua volumosa pasta para pesquisar qual seria o seminário mais indicado para mim. Mas quando viu quantos cocos lhe custariam esses sete dias, quase teve um ataque. Durante seis meses, procurei agradá-lo, repetindo que o seminário não iria beneficiar unicamente a mim, mas a todos, a ele inclusive, se eu executasse meu trabalho melhor a partir de então. Foi só nos últimos meses que eu finalmente consegui sua assinatura. Portanto, peço a vocês que continuemos na jangada. Vou levar anos para obter autorização para participar de outro seminário.

Não ficou claro se o que preponderou foi a compaixão pelo macaco ou a percepção de que a qualidade do seminário ficaria prejudicada com a jornada a pé. De qualquer maneira, os participantes concordaram em continuar na jangada também naquele dia. As amarras foram soltas, e a viagem prosseguiu.

Para grande tristeza do elefante, a primeira crise de verdade teve início pouco antes da hora do almoço.

King Eduard comentou com a maioria, durante a manhã, que o nível da água estava baixo. Como águia, ele viajara muito pelo mundo afora e conhecia especialmente as coisas que podiam ser estudadas pelo ar. O nível das águas, sem dúvida, fazia parte desse estudo. Anton percebeu que *King* Eduard não estava nem um pouco satisfeito com o nível baixo do rio.

O problema começou com uns rangidos ensurdecedores, tão altos que as antenas de Anton ficaram arrepiadas. Antes que ele descobrisse de onde vinha aquele barulho horroroso, sentiu o chão – ou, melhor dizendo, a jangada – ser puxado por baixo de suas seis patas, e ele foi tropeçando e rolando pelas toras de madeira. Com os outros animais, as coisas foram mais amenas. Por um triz, o gordo elefante não pisoteou Anton.

– Ei, Elmar! – gritou Anton, ofegante, para chamar a atenção do colosso antes que ele se mexesse e o esmagasse. – Tenha cuidado!

– Não se preocupe – disse Elmar, interpretando mal o pedido. – Comigo não aconteceu nada.

Antes que Anton pudesse explicar o que queria dizer, Minerva elevou a voz, com as penas desarrumadas. – Alguém se feriu? – perguntou, ajeitando a plumagem. – Não? Ótimo. Sinto muito que tenhamos parado de modo tão abrupto. Suspeitei que isso aconteceria, mas achei que a frenagem fosse mais suave.

– Você provavelmente subestimou nossa profundidade – murmurou a tartaruga, olhando de esguelha para Elmar.

– Profundidade? – repetiu o elefante, indignado.
– Profundidade? O que você está querendo insinuar, vovô?
– Calma – disse Anton. – O que está acontecendo, afinal de contas?
– O que você acha, baixinho? – grasnou *King* Eduard, atordoado. – Nós encalhamos num banco de areia. – Passei a manhã inteira tentando explicar a vocês que o nível baixo do rio não combina com a profundidade que nosso casco atinge.

Essa *profundidade*, como Anton suspeitava, era o troco pela trombada durante o esporte matinal.

– Mas ninguém me deu ouvidos! – continuou *King* Eduard. – E agora deu essa salada.

– E por falar em salada... – interveio o elefante.

Mas, antes que ele continuasse a falar, ouviu-se em coro: – Está na hora de comer!

Como Elmar era de todo modo o vilão da história, decidiu-se que ele seria o primeiro a sair da jangada.

– Menos peso, menos profundidade! – disse *King* Eduard, indo direto ao ponto. E mais uma vez deu bastante ênfase à palavra *profundidade.*

Mas o resultado não foi o esperado: a jangada não saiu do lugar.

Enquanto os outros participantes ainda estavam confusos com a situação, Elmar recuperou a auto-estima. – Isso não tem nada a ver com profundidade! – bradou ele. – Exijo que o senhor T.A.R. e *King* Eduard retirem as ofensas e peçam desculpas!

– Isso está absolutamente fora de questão! – objetou a águia. – Uma rainha dos ares nunca pede perdão!

E a tartaruga não pôde se conter em repetir mais algumas vezes – Profundidade! Profundidade! Profundidade! – na direção de Elmar.

Toda a situação, e não apenas a jangada, parecia mergulhada num atoleiro sem esperanças.

Depois de uma veemente disputa verbal, Lea, que até aquele momento mantivera-se fora da discussão, conseguiu acalmar os ânimos. Ela fez com que a tartaruga e a águia se calassem, explicando-lhes com todas as letras que só o elefante era forte o suficiente para libertar a jangada do banco de areia. Dessa maneira, arrancou do senhor T.A.R. e de *King* Eduard um pedido de desculpa, e Elmar triunfou com uma dupla coroa de louros.

– Agora que tudo entrou nos eixos novamente, gostaríamos de lhe perguntar – disse a leoparda docemente – se você não poderia fazer o obséquio de tirar a jangada do banco de areia.

Elmar deu um sorriso ainda maior, dizendo: – Com todo o prazer, Lea. Desde que o senhor T.A.R. e Dudu peçam por favor!

A tartaruga anunciou a plenos pulmões: – Nunca!

E a águia grasnou, perplexa: – *Dudu*?

Dessa vez, Lea conversou em voz baixa com Elmar. Anton estava suficientemente próximo para ouvir a leoparda pedir a Elmar que evitasse uma nova discussão. Um gigante como ele não precisava lançar mão de joguinhos de poder, sussurrou-lhe ela, usando seu charme feminino.

De fato, Elmar deixou-se convencer. Embora sem o pedido expresso da águia e da tartaruga, ele se preparou para jogar todo o seu peso contra a jangada – sem êxito. Mesmo quando utilizou as presas como alavancas, a jangada não se moveu um centímetro sequer.

– Não está adiantando nada – disse ele, totalmente sem fôlego. – Precisamos pensar em outra coisa.

O grupo decidiu pedir ajuda a Minerva, mas não arrancaram dela conselho algum. Conseqüentemente, estavam entregues a si mesmos.

Depois da fracassada tentativa de desencalhar a jangada diminuindo a profundidade do casco, aliás, usando a força do elefante, o abatimento tomou conta do pequeno grupo. Mas, pouco a pouco a resignação se transformou em contentamento, e novas idéias começaram a brotar.

– Já sei como libertar a jangada! – disse o macaco. – Estão vendo esse galho acima de nós?

Todos os olhares se voltaram para cima.

– Vamos fixar uma corda nos quatro cantos da plataforma e passá-la por cima desse galho. Em seguida entramos todos na água para que a jangada se eleve. A correnteza irá impulsioná-la um pouco, e aí poderemos subir nela de novo.

– Você está se esquecendo do peso da jangada, espertinho! – disse a tartaruga, o que fez com que o macaco ficasse momentaneamente calado.

– Talvez baste que todos nós desçamos da jangada – sugeriu o leoparda. – Apesar de Elmar ser o mais pesado dentre nós, acho que no conjunto fazemos uma bela diferença na balança. Sem contar você, é claro, baixinho. – A última frase fora dirigida, naturalmente, a Anton.

– Caso isso não seja suficiente – a águia assumiu a conversa no meio – eu poderia tentar prender a jangada com minhas garras e bater as asas.
– Você vai querer levantar essa coisa do rio?
– Claro que não, mas desse jeito a jangada fica mais leve – respondeu *King* Eduard.
– Isso não vai dar certo nunca! – aparteou a tartaruga. – Acho que a melhor coisa é aguardar a próxima cheia do rio.
– Será que nossas provisões duram até lá? – perguntou o elefante.
– Não vai lhe fazer mal algum apertar um pouco o cinto, meu caro – retorquiu o senhor T.A.R.
Anton pensou em Amelie e nas muitas tarefas escavatórias que se acumulavam em seu posto de trabalho. – Quanto tempo demora até chegar a próxima cheia? – indagou ele.
– Talvez seis meses – respondeu a tartaruga. – No máximo, sete.
– Recebi permissão para freqüentar um seminário de sete *dias* – revidou Elmar. – Não de sete *meses*.
– Eu também não posso ficar aqui tanto tempo. Sou necessário no meu formigueiro – disse Anton. Ele não estava querendo simplesmente recusar a proposta da tartaruga, mas sim contribuir construtivamente, como os outros, para a solução do problema. Por isso, sugeriu: – Elmar, talvez você pudesse usar sua tromba para remover a areia que há debaixo da jangada. O que acha?
– Pode funcionar – murmurou o grandalhão. – Deveríamos pelo menos experimentar.

Mas também essa tentativa não deu em nada. Depois de ficar soprando por cerca de dez minutos, Elmar desistiu, com a tromba inchada.

De repente, o macaco começou a guinchar: – Ei, pessoal! Já sei. Acabo de ter uma idéia. O galho é sólido o suficiente para agüentar o peso da jangada...

– Pensei que já tivéssemos conversado a respeito da questão do galho! – interrompeu a tartaruga.

– Já, sim, senhor T.A.R., e você tinha razão ao dizer que a jangada pesa como o diabo.

– Então, não entendi o que ainda há para discutir sobre o assunto.

Alfons estava muito excitado quando anunciou sua idéia: – Se não conseguirmos levantar esse monstro com nossa própria força, poderíamos construir um guindaste com roldanas!

– Um o quê?

– Um guindaste com roldanas! Para isso só precisamos de alguns discos de madeira e cordas resistentes. – O macaco explicou sua idéia com precisão, e Anton, que como escavador de túneis carregava muito peso, teve que admitir que estava gostando do plano.

Porém, com os outros, Alfons encontrou resistência.

– Escutem só essa agora! – disse o elefante, ainda sem fôlego. – Um guindaste com roldanas! Nunca ouvi falar nisso!

– Só porque você nunca ouviu falar, isso não significa que minha idéia não funcione! – defendeu-se Alfons.

– Bobagem! – comentou *King* Eduard, intrometendo-se na conversa. – Já viajei muito pelo mundo, mas um *guindaste com roldanas*? Isso não vai funcionar!

– Principalmente se a construção for demorada – acrescentou a leoparda. – Levaria dias para derrubar uma árvore, cortar discos de madeira e construir essa geringonça maluca!

– De modo algum – replicou o macaco. – Levaria no máximo algumas horas!

– Você alguma vez já construiu algum guindaste com roldanas?

– Não – confessou Alfons –, mas já vi como funciona e como se constrói.

– Você viu isso onde? – quis saber a tartaruga. – Tenho cento e dezoito anos de idade e nunca me ocorreu uma idéia ridícula como essa.

– Já vi seres humanos construindo um – disse o macaco. – Com guindastes desse tipo, eles conseguem levantar cargas pesadíssimas.

– Não, não, isso é muito complicado – opinou a tartaruga. – Além disso, dá muito trabalho. E se o tal guindaste não funcionar? Iríamos nos matar de trabalhar a troco de nada.

Nesse momento, Anton ousou pedir a palavra. – Acho que deveríamos tentar. Aquilo que Alfons disse me parece sensato. Como vocês sabem, trabalho na construção de túneis. Apesar de nunca ter ouvido falar num guindaste com roldanas, imagino que ele possa de fato nos ajudar a soltar a jangada.

– Muito obrigado, anãozinho – disse o macaco. Apesar do "anãozinho", o agradecimento soou verdadeiro a Anton. – Nós não descobrimos ontem que todas as coisas estão no rio? – Dessa vez, Alfons se dirigia a todos. – Que tal aproveitar a oportunidade e experimentar alguma coisa nova? Eu não sugeriria um guindaste se tivéssemos uma solução melhor. Uma solução que tivesse sido testada e comprovada milhares de vezes. Caso essa solução exista, infelizmente eu não a conheço!

Elmar, *King* Eduard, Lea e o senhor T.A.R. se calaram, embaraçados. Realmente, os conselhos dados por eles tinham se mostrado inúteis.

– Peço a vocês – disse o macaco –, vamos pelo menos *tentar* trilhar um caminho novo. Não temos nada a perder, não acham? Se não der certo, sempre poderemos caminhar ou aguardar a próxima cheia.

Anton percebeu uma transformação na maneira de pensar dos céticos.

– Você pode nos garantir que o guindaste vai funcionar? – Era a águia que fazia a pergunta. – Quero dizer: a estrutura é mesmo tão boa a ponto de conseguir levantar a jangada?

– Garantir eu não posso – respondeu o macaco. – Mas, se não experimentarmos, nunca saberemos.

Finalmente, Lea admitiu que não estava com vontade de esperar mais. Elmar também estava cansado de procurar outras soluções, pois estava com fome. Depois, a resistência contra o guindaste foi diminuindo até que, por fim, inclusive o senhor T.A.R. acabou dizendo: – Por mim, tudo bem. Não acredito que funcione, mas se todos são a favor, não sou eu que vou me opor.

Aquele que não experimenta coisas novas nunca fica sabendo se elas funcionam ou não.

Depois do almoço, puseram mãos à obra. Elmar derrubou uma palmeira, simplesmente empurrando-a com seu crânio poderoso. A águia usou seu bico pontudo como um machado, produzindo os pedaços de madeira necessários, segundo as indicações do macaco.

Usando seus possantes molares, Lea dividiu as folhas da palmeira em tiras delgadas, que Anton trançava. Com olhar severo, o senhor T.A.R. fazia o controle de qualidade das cordas, pois o menor erro poderia não só fazer malograr a idéia, mas também significar o fracasso de todo o seminário. Se as cordas arrebentassem e a jangada sofresse muitos abalos, poderia partir-se em duas. E esse era um risco que ninguém queria correr.

Mal tinham transcorrido duas horas depois de iniciado o trabalho e a engenhoca estava pronta. Os animais haviam fixado amarras nos quatros cantos da jangada. Depois, reuniram as quatro extremidades soltas das amarras num nó, atando a ele uma corda comprida, que Alfons, o macaco, passou pelo guindaste.

– Se meu raciocínio estiver correto, agora Elmar vai poder tirar a jangada da água sem fazer força – disse Alfons. Ele entregou a corda ao elefante, que a apanhou com a tromba e começou a puxar com cuidado.

E vejam vocês – diante da fisionomia admirada dos participantes do seminário, a jangada se movimentou. A tartaruga, principalmente, mal acreditava no que via. – Macacos me mordam! – disse ela, perplexa e muito admirada.

Como se tivesse ouvido uma senha, Alfons gritou: – Hurra! Depois de ter sido tão criticado, mal posso acreditar que esse negócio de fato funciona! – Contentíssimo, acrescentou mais um "Hurra!".

Ele não era o único a se sentir aliviado. A alegria era generalizada.

Mais tarde, quando a jangada já flutuava novamente na correnteza suave, o grupo conversou sobre o ocorrido.

Minerva disse: – Conheço muito bem esse banco de areia, mas para vocês ele foi um obstáculo inesperado. Não representava nenhum perigo, mas um problema novo, para o qual vocês não tinham uma solução pronta. Vamos tentar recapitular como lidaram com a situação. Quem se lembra?

– Fomos tendo idéias – começou *King* Eduard.

– Algumas foram descartadas na hora, outras foram testadas e depois descartadas – acrescentou o elefante.

– Foi exatamente isso – concordou Minerva. – E que tipo de idéia vocês tiveram?

– Obviamente não eram boas – murmurou o elefante para si mesmo.

– Não concordo – disse a coruja. – Sem levar em conta que a idéia de Alfons funcionou, o que diferencia a idéia dele de todas as outras?

Por um momento, ninguém entendeu aonde a coruja queria chegar.

Então de repente veio à mente de Anton uma coisa: – A idéia de Alfons era *nova*! – gritou ele. – A todos nós ocorreram idéias que certamente já tinham sido aplicadas com freqüência em situações semelhantes. Nossas sugestões eram óbvias.

– O que não significa necessariamente que uma solução óbvia não seja boa – comentou a coruja. – Mas você tem razão, Anton. Isso também ocorreu a mim. Mas o que aconteceu quando Alfons se libertou dos velhos padrões de pensamento e teve a idéia do guindaste?

– Nós não a levamos a sério – disse a águia.

O senhor T.A.R. acrescentou: – Pior ainda: tentamos fazê-lo desistir dela.

– Pois é, realmente fizeram isso – disse Minerva, sorrindo satisfeita. – É o que chamamos de *frases arrasadoras*. Alfons teve que ouvir um monte delas. *Isso nunca vai funcionar! Isso é muito complicado! Nunca ouvi falar disso!* E assim por diante. É um milagre que Alfons não tenha desistido. – Fez uma breve pausa antes de prosseguir: – Vejo pela expressão de vocês que estão querendo saber por que reagiram dessa forma e não de outra, não é? De forma um pouco mais aberta. Mas posso lhes tranqüilizar: vocês não se saíram pior do que todos os outros grupos de seminários que passaram pela mesma situação. A razão para isso é que toda novidade, toda mudança, todo desvio da norma – no nosso caso, o guindaste –, representa um perigo.

– Um perigo? – repetiu Anton.

– Sim, pois é necessário deixar de lado velhos hábitos e lidar com o desconhecido. A tentativa de fazer algo novo pode falhar – e o resultado é um es-

Mudanças são muitas vezes consideradas um perigo, pois elas exigem que superemos velhos hábitos e lidemos com o desconhecido.

forço inútil. Ou, ainda pior: se a idéia funciona, talvez tenhamos de empregá-la no futuro. Seria bem mais fácil nem tentar, para poder dizer posteriormente que o problema não tem solução. Nosso exemplo do guindaste não tem, é claro, importância nenhuma. Daqui a alguns dias, cada um vai seguir seu caminho, e ninguém vai precisar trabalhar com guindastes se não desejar. Importantes são as mudanças que acontecerem em suas vidas, por exemplo, no seu trabalho cotidiano. Aqui as mudanças tiveram efeitos evidentes. Pensem sempre no seguinte: se vocês impedirem as mudanças com frases arrasadoras, nunca irão conhecer os benefícios que elas poderiam trazer, como o guindaste fez com a jangada encalhada.

Aquele que sufoca as novas idéias com frases arrasadoras nunca vai conhecer os benefícios que delas poderiam advir.

Sei que para alguns de vocês aceitar a idéia do macaco exigiu um verdadeiro trabalho de superação. E me deixa ainda mais contente o fato de que, em última análise, todos tiveram de superar sua aversão natural ao novo. Isso me leva a abordar o próximo tema. Disse a vocês ontem que, no momento certo, iria perguntar-lhes sobre seus pontos fortes.

Os pés de Anton gelaram imediatamente, pois ainda não lhe ocorrera nenhuma idéia. Teria chegado a hora de ele fazer sua confissão?

Anton respirou aliviado quando a coruja se virou para o macaco, dizendo: – Alfons, você salvou a pátria ao solucionar um problema para o qual não havia nenhuma solução pronta. Agora revele: qual é seu ponto forte?

– A criatividade – respondeu o macaco.

Depois disso, Alfons fez um relato do trabalho que ele desempenhava no departamento dos macacos. Normalmente, vivia no parque nacional e, sendo responsável pelo setor de *marketing*, criava regularmente novos números artísticos. Tais números eram, então, apresentados pelos seus colegas para deixar o participante do safári admirado e proporcionar-lhe algo para fotografar.

– Os seres humanos são exigentes – disse Alfons. – É preciso oferecer-lhes algo para que nos visitem. Somente quando nossos números são suficientemente bons é que eles pagam o ingresso para o parque. E isso, por outro lado, garante a nós, macacos, nossa alimentação.

– Não é apenas entre os macacos que a criatividade é um fator decisivo para o sucesso – observou Minerva. – Está comprovado que a criatividade é uma vantagem para todas as espécies animais. Estou certa de que todos vocês poderiam citar vários setores de seu cotidiano em que podem exercer sua criatividade.

Anton refletiu, mas nada lhe ocorreu de forma espontânea. Contudo guardou essa informação provisoriamente para si.

A coruja continuou a falar: – Primeiramente devemos nos fazer uma pergunta: o que é a criatividade, afinal de contas?

– Abundância de idéias – opinou a leoparda.

– A capacidade de pensar algo novo – disse *King Eduard*.

Minerva concordou com a cabeça: – Tudo isso faz parte, mas para mim ainda é muito pouco.

– Muito pouco?

– Sim. Para resumir: a idéia do guindaste, sozinha, lhes seria útil? Para quê?

A tartaruga pediu a palavra: – Você quer dizer que também é preciso transformar as idéias em realidade?

– Exatamente – confirmou Minerva. – A criatividade é uma força criadora. Mas ela só é realmente valiosa quando se pode transformá-la em realidade. Hoje, Alfons descobriu como isso é difícil.

A criatividade é uma força criadora unicamente quando se sabe transformá-la em realidade.

– Não somente hoje – contrapôs o macaco. – Estou acostumado às dificuldades. Não pensem que os números artísticos que eu invento no parque nacional sempre têm a aceitação de meus colegas. Muitas vezes, como no caso do guindaste, acontece exatamente o contrário: tenho de batalhar para que uma idéia seja experimentada. Adoro as mudanças. Situações incomuns nem sempre são agradáveis também para mim, mas uma coisa é certa: elas são tremendamente empolgantes.

Situações incomuns nem sempre são agradáveis, mas, em compensação, são tremendamente empolgantes.

Depois do jantar, Anton teve oportunidade de conversar sossegadamente e a sós com o macaco.

– Invejo sua criatividade – disse ele. – Como formiga, não se tem muita oportunidade de experimentar idéias novas. Escavar túneis, dia após dia. Pura rotina. Eu nunca saberia como ter novas idéias. Acho que não sou nem um pouco criativo.

Todo o mundo é pelo menos um pouco criativo.

– Bobagem! – retrucou o macaco. – Todo o mundo pode ser criativo. Talvez, um seja mais, e o outro, menos, mas um pouco criativo todos somos.

– E onde está minha criatividade, então, já que eu nunca tenho idéias novas? – perguntou Anton.

– Você alguma vez já deu tempo ao tempo?

Anton espantou-se: – Tempo?

– Claro! – disse o macaco. – Ou você acha que as boas idéias chegam até você voando? Às vezes pode até acontecer, mas normalmente é preciso tentar esvaziar a cabeça para dar lugar a novas idéias. As idéias são como as frutas, guarde isso! Elas precisam crescer e amadurecer. Na maioria das vezes, temos primeiro uma idéia vaga, que se desenvolve em dias ou semanas, transformando-se num pensamento de verdade. O mais importante é perceber quando ocorrem, caso contrário, elas se perdem. E isso seria uma lástima.

As idéias são como as frutas: precisam de tempo para crescer e amadurecer.

– E o que acontece se minhas idéias não servirem para nada? – contrapôs Anton.

– O que é que tem demais? – respondeu o macaco. – É natural cometer erros.

– Gostaria que meu chefe pensasse assim – murmurou Anton.

– Não tenha medo de errar – disse Alfons. – Só progredimos quando cometemos erros, é com eles que aprendemos. Acho você um rapazinho esperto. O potencial está dentro de você. Tudo o que lhe falta é a coragem de ser criativo.

Só se aperfeiçoa aquele que comete erros e aprende com eles.

Tarde da noite, Anton estava deitado na jangada, contemplando o céu estrelado. Embora naquela noite também desse para ouvir os rugidos e os rosnados dos animais da selva, Anton dominou seu medo a tal ponto que decidiu não engatinhar para debaixo da orelha de Elmar.

Como acontecera na véspera, naquela noite ele também refletiu sobre muita coisa. Será que o macaco tinha razão? Será que havia espaço para a criatividade em sua vida, tão marcada pela rotina?

De fato, não demorou para que ele desse tempo ao tempo pela primeira vez e lhe ocorressem idéias para aperfeiçoar a construção de túneis no formigueiro. E se eles escorassem as paredes com folhas de palmeira secas, para impedir que desabassem? Talvez pudessem construir os corredores segundo um sistema mais efetivo, que poupasse tempo às formigas que os utilizam. Quanto mais espaço ele cedia aos pensamentos, mais malucas e interessantes eram as idéias que lhe vinham à mente.

Anton estava cheio de idéias relacionadas não apenas ao trabalho. Mesmo com relação à sua vida pessoal, ele teve de repente muitos lampejos de criatividade. Recordou seu tempo de juventude, no qual quisera experimentar muitas coisas. O que fora feito disso? De algum modo, com o passar do tempo, essas idéias tinham caído no esquecimento. Mas assim que voltasse ao formigueiro queria retomar algumas delas.

Sim, também naquele dia ele aprendera uma lição importante, da qual não queria se esquecer. Por isso procurou sua folha de palmeira dentro da mochila e anotou:

Se você encalhar num banco de areia, seja criativo e experimente algo novo – mesmo enfrentando a resistência dos outros. Não tenha medo de cometer erros; pelo contrário, aprenda com eles. Tenha a coragem de agir como o macaco.

O terceiro dia

A manhã do terceiro dia pareceu maravilhosa a Anton. À noite, ele sonhara com Amelie e como colocar em prática suas novas idéias. No sonho, ele tinha desenvolvido um ventilador. Folhas cortadas de modo apropriado serviam como rotores; um galhinho, como manivela, e um caniço oco, como caixa. Com a ajuda desse aparelho, os túneis no formigueiro poderiam ser escavados muito mais rapidamente do que até então. Seus colegas, e sobretudo seu chefe, eram estritamente contra a introdução desses ventiladores, mas mesmo assim ele conseguira convencer a todos. O sucesso havia sido absoluto.

Evidentemente, a construção era utópica. Um ventilador desse tipo nunca existiria. Mas tinha sido um sonho bom, que motivava Anton a implementar aquelas idéias que tivera na noite anterior.

A primeira metade da manhã transcorreu calmamente. O grupo discutiu numa roda as descobertas da véspera, e o clima estava bem animado.

Mas a situação mudou rapidamente de figura quando o rio começou a ficar mais turbulento. A superfície da água, que até então se assemelhava a um espelho, começou a se agitar.

– Corredeiras por toda a parte – constatou a águia, com ar de especialista.

– Muito mais do que isso – disse Minerva, parecendo bem tranqüila. – Estamos indo ao encontro de uma cachoeira.

– De uma ca... ca... cachoeira? – gaguejou a tartaruga. Provavelmente recordava a brincadeira do elefante e ainda tinha medo de despencar de costas na água e ir boiando até o fim do mundo como uma casca de noz. – E quan... quan... quando exatamente chegaremos à ca... cachoeira?

Pelo menos, já era um ca... a menos, observou Anton. O senhor T.A.R. parecia estar se recuperando.

– Infelizmente não posso lhes dizer com exatidão. – Não ficou claro se a coruja não queria dizer ou realmente não sabia. A única indicação que ela deu foi: – Acho que alcançaremos o declive nas próximas duas horas.

– Duas horas? – repetiu a tartaruga, abatida, como se tivesse certeza de que não iria sobreviver àquele dia.

Anton estava no mínimo tão inseguro quanto ela. Nos dois últimos dias, tinha se esquecido de seu medo da água, mas, naquele momento, ele voltara mais forte do que nunca.

Pelo menos, ele se achava em boa companhia. Com exceção das duas aves, Minerva e *King* Eduard, todos – sabidamente cuidadosos – pareciam nutrir certo respeito pela cachoeira.

Até Elmar ficara com as pernas bambas, embora tentasse convencer os outros de que se tratava apenas de uma fase de debilidade ocasionada pela falta de comida.

– Tenho isso sempre que fico muito tempo sem comer – ressaltou ele. – É um sinal de subnutrição.
– Qual é a altura do declive? – perguntou Anton.
– Calculo que sejam uns cinco metros – respondeu Minerva.
"Cinco metros!", pensou Anton. Um abismo formidável! Em relação ao tamanho de seu corpo, cinco metros eram para uma formiga como cinco quilômetros para um elefante. Uma profundidade inimaginável!
Surgiu então uma discussão acirrada e bastante improdutiva sobre a melhor maneira de lidar com o problema. Ela durou exatamente o tempo de a jangada ser apanhada por um remoinho e sofrer um forte chacoalhão.
Depois desse saudável abalo, foi justamente a lenta tartaruga a primeira a recuperar a calma.
– Se ficarmos nesse bate-boca inútil, vamos acabar virando comida de peixe – disse ela. – Ainda temos tempo para bolar um plano sensato para lidar com a situação. Sugiro o seguinte: Alfons, Lea, Anton e eu vamos tentar achar um modo de vencer a cachoeira. Elmar e *King* Eduard desenvolvem um sistema de alerta, para que saibamos a tempo que é hora de parar.
O sistema de alerta era o seguinte: Elmar ficaria de pé na beira da jangada – com extremo cuidado, é claro, para evitar que ela virasse – e deixaria a tromba mergulhada na água. Dessa maneira, ele mediria sua profundidade. Assim que a extremidade da tromba tocasse o fundo, ele daria o alerta, para que não corressem o risco de atingir as rochas.

King Eduard, que tinha sido escalado para observar de cima a jangada e a cachoeira, constatou, horrorizado, que não estava em condições de voar. Ele não precisou refletir muito para encontrar a causa: durante o esporte matinal da véspera, a tromba de Elmar ferira algumas de suas penas. Com isso, não lhe restava outra alternativa senão sentar-se na cabeça do elefante e observar o rio lá de cima.

As informações formam a base de qualquer plano sensato.

Para manter a estabilidade da jangada, os outros participantes do seminário se juntaram na extremidade posterior da embarcação. Enquanto Minerva se mantinha ao leme, controlando o curso da jangada, o senhor T.A.R. presidia o comitê de planejamento.

– O primeiro passo em qualquer planejamento é a coleta de informações – explicou ele.

– Como você sabe? – perguntou a leoparda.

– Sei porque minha profissão tem muito a ver com planejamento – respondeu a tartaruga. – Mais tarde, posso contar-lhes a respeito com todo o prazer. Tratemos primeiro de vencer essa cachoeira. Quero fazer isso, se possível, ainda hoje.

– De acordo – consentiu Lea. – Então, o que tem em mente? De quais informações necessitamos?

O senhor T.A.R. refletiu por um momento. Depois disse: – Já sabemos que em breve vamos encontrar obstáculos pelo caminho. Por intermédio de Elmar e *King* Eduard, saberemos a tempo o momento exato. Essa é a primeira informação importante. Em segundo lugar, já sabemos que o declive tem cinco metros de altura. Portanto, conhecemos muito bem a situação.

– Talvez Minerva pudesse nos contar mais alguma coisa sobre a cachoeira – sugeriu Anton.

– Boa idéia – concordou a tartaruga e interpelou a coruja, que prontamente deu mais informações.

– A inclinação é vertical – explicou ela. – Junto às rochas, a água tem apenas alguns centímetros de profundidade, mas, justamente por isso, a velocidade da corrente é maior. Posso lhes ser útil em mais alguma coisa?

– Como é a margem nesse ponto? – quis saber o senhor T.A.R.

Minerva respondeu: – A margem esquerda é de mata fechada. À direita, a selva é um pouco mais aberta, pois ali há grande quantidade de pedras.

– O.k. – disse a tartaruga. – Acho que já dá para começar. Já temos todas as informações importantes sobre a cachoeira. Muito obrigado, Minerva.

– Precisamos de mais alguma informação? – perguntou o macaco.

– Ora, ajudaria se algum de vocês já tivesse vencido alguma cachoeira algum dia – comentou a tartaruga. – Será que no nosso grupo há algum especialista no assunto?

Não havia.

– A única que preenche os requisitos é Minerva – resmungou a leoparda. – Vamos ter que perguntar a ela.

Dito e feito. Mas, dessa vez, a coruja não disse mais nada.

– Muito bem, então vamos ter que nos contentar com as informações de que já dispomos – opinou o senhor T.A.R.

As informações de nada valem se não pudermos tirar delas algum conhecimento.

— E o que vamos fazer com elas agora? — indagou Anton.

— Vamos analisá-las. Quer dizer, vamos nos preocupar com o significado que essas informações têm para nós. A pergunta é: que conclusões podemos tirar das informações que coletamos?

— Que não podemos simplesmente nos segurar e deixar que a cachoeira nos leve para baixo — disse Lea.

— Correto — concordou o macaco. — Não daria certo, tendo em vista que a água junto às rochas só tem alguns centímetros de profundidade e depois desce na vertical.

— Além disso, não poderemos utilizar a margem esquerda do rio para contornar a cachoeira — disse Anton. — Ela é recoberta de mata fechada. Elmar nunca conseguiria se embrenhar nesse matagal.

— Sou da mesma opinião — disse o senhor T.A.R. — Haverá alguma outra lição importante?

Não ocorreu mais nada a ninguém.

— Muito bem, então — continuou o senhor T.A.R. — Depois da obtenção de informações e da análise, passemos ao terceiro passo de nosso plano: buscar soluções.

Aqui era necessário sobretudo criatividade, e, depois da lição da véspera, todos estavam preparados para apresentar suas idéias. O senhor **As melhores soluções se desenvolvem no solo da criatividade.** T.A.R. teve um lampejo de gênio enquanto tomava notas numa folha de palmeira. Depois de todos os tópicos terem sido apresentados, eles foram discutidos e desenvolvidos até se transformarem em propostas de solução. Havia no momento três opções.

Primeira: fabricar asas de madeira e de folhas de palmeira para vencer as rochas voando.

Segunda: baixar a jangada, com o auxílio do guindaste. Mas não sabiam com certeza se, junto à cachoeira, haveria galhos fortes o suficiente para sustentar a embarcação. O senhor T.A.R. queria questionar Minerva sobre isso, mas, naquele momento, a coruja estava totalmente absorvida com o timão, esquivando-se de violentos remoinhos.

Terceira: carregar a jangada ao longo da margem direita, colocando-a de volta no rio, depois de ultrapassada a cachoeira. Mas a jangada era muito pesada, como eles já tinham descoberto quando tentaram erguê-la do banco de areia, e seria necessário utilizar novamente o guindaste.

Para chegarem a uma decisão, houve votação. A idéia considerada pior foi a do vôo, pois ela provavelmente ia exigir muito trabalho e ainda envolvia alto risco. Se as asas não funcionassem, todos despencariam no abismo. E um teste de vôo não fazia parte dos planos.

A segunda melhor saída era carregar a jangada. Era sensivelmente mais segura do que uma tentativa de vôo; requeria, porém, mais trabalho do que baixá-la diretamente com o auxílio de cordas. Com isso, a alternativa que melhor aceitação teve foi descer a jangada pela corda do guindaste, lançando-a por sobre um galho sobressalente – se é que existia algum.

– Agora só falta implementar o plano – disse a tartaruga. E como nem Elmar nem *King* Eduard dessem o alerta, ela teve tempo de esboçar aquilo que chamou de "Circuito lógico de planejamento":

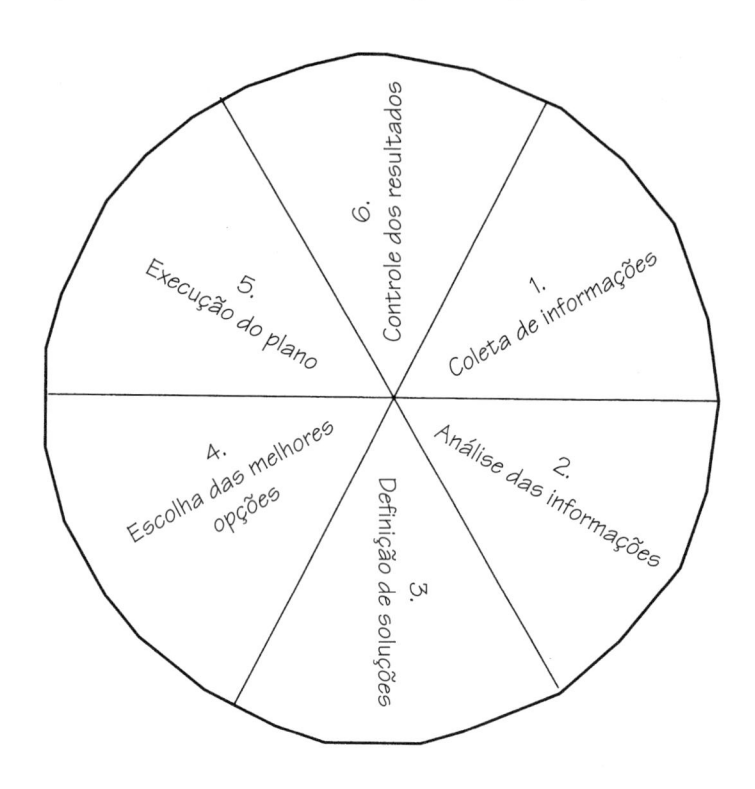

(diagrama circular dividido em 6 setores:)
1. Coleta de informações
2. Análise das informações
3. Definição de soluções
4. Escolha das melhores opções
5. Execução do plano
6. Controle dos resultados

– O que significa o item 6? – quis saber a formiga Anton.

O senhor T.A.R. respondeu: – É importante sempre submeter um plano a uma bancada de ensaios. Se acontecerem imprevistos, é necessário reagir a eles imediatamente, na medida do possível. Na pior hipótese, o plano precisa ser reconsi-

Mesmo um bom plano precisa ser sempre submetido a uma bancada de ensaios.

derado e modificado. Unicamente dessa maneira se pode assegurar um trabalho de boa qualidade. No nosso caso, o controle dos resultados ocorre, em certa medida, de forma automática, pois iremos constatar imediatamente se nosso plano funciona ou não.

Nesse momento, Elmar se manifestou: – A ponta da tromba tocou o solo! – gritou ele, agitado. – Vocês estão ouvindo? A ponta da tromba tocou o solo!

Quase ao mesmo tempo, *King* Eduard falou: – Rochedo à vista. Acho que estamos pertinho.

– Lançar âncora! – ordenou o senhor T.A.R.

A âncora estava presa a um pedaço de madeira por uma corda. O macaco agarrou-a e atirou-a por cima do bordo, de modo que ela ficasse presa entre dois rochedos que se projetavam acima da superfície da água. Depois de um pequeno solavanco, a jangada aquietou-se em meio à rápida correnteza.

– Nosso plano não vai funcionar – constatou realisticamente Alfons.

– É – concordou Lea. – Sobre a cachoeira, por um bom trecho, não há nenhum galho ao qual possamos amarrar a corda do guindaste.

– Não se desesperem, meus amigos – disse o senhor T.A.R. – Qual é a finalidade dos planos alternativos?

Eles confabularam uma última vez, decidindo que iriam escolher a passagem à margem direita do rio.

– O solo parece pedregoso – disse *King* Eduard, que, como águia, enxergava muito bem a grandes distâncias.

– Então pelo menos teremos solo firme debaixo dos pés – disse o senhor T.A.R. – A margem tem pouca vegetação, de modo que conseguiremos transportar a jangada. Além disso, ali, onde a queda é abrupta, há alguns galhos grossos que avançam sobre o abismo; neles poderemos apoiar nosso guindaste. O que me dizem? Tudo está correndo conforme o planejado.

Graças à descoberta do macaco, a secagem da jangada, o transporte e os cinco metros de declive foram menos cansativos do que eles esperavam. Ainda que tenha levado algum tempo, com a exceção da impaciente leoparda, ninguém se queixou. Pois todos sabiam – no fundo do coração, até mesmo Lea – que, se eles não tivessem feito um planejamento, a coisa demoraria muito mais.

Finalmente, o trabalho terminou. Depois de terem devolvido a jangada ao curso do rio, deram tapinhas de orgulho nos ombros uns dos outros.

Anton ficou com as costas doendo alguns dias por causa disso, mas estava contente por pertencer a uma equipe tão bem-sucedida.

Com Minerva, negociaram uma pausa mais prolongada, e honestamente bem merecida naquele dia. O sol já tocava as pontas das árvores quando reiniciaram a viagem.

Enquanto se deixavam levar pela suave correnteza e o estrondo da cachoeira se distanciava cada vez mais na amplidão da selva, Minerva veio conversar sobre a lição do terceiro dia de seminário.

– Lembrem-se do dia de ontem – pediu ela ao grupo. – Qual é a diferença entre o banco de areia e a cachoeira?

– *Cinco metros!* – brincou o macaco.

– Isso também, mas estou me referindo à peculiaridade da situação – disse Minerva.

Anton refletiu por um momento, antes de dizer:

– Encalhar no banco de areia foi um acontecimento inesperado. Com relação à cachoeira, nós já sabíamos de sua existência.

– Muito bom! – elogiou Minerva. – Por isso, vocês tiveram tempo de se preparar para o problema e refletir sobre a melhor maneira de lidar com ele. Em outras palavras: vocês puderam planejar. E isso *antes* de a cachoeira se tornar um problema. Há mais de dois mil anos viveu na China uma velha coruja sábia, chamada Lao-Tsé, que certa vez deu o seguinte conselho: "Planeje o difícil quando ele ainda for fácil". Foi o que vocês fizeram hoje. Vocês realmente enxergaram longe. Muito bem. Vamos fazer uma revisão do que ocorreu.

Planeje o difícil quando ele ainda for fácil.

– Quando chegamos às corredeiras, o senhor T.A.R. foi o primeiro a se recuperar do choque – disse Elmar, enrubescendo ligeiramente. – Tudo bem, tudo bem, eu reconheço. Minhas pernas bambas provavelmente não tinham nada a ver com falta de comida. Mas vocês conseguem imaginar como a gente se sente quando pesa duas toneladas e corre o risco de despencar num precipício?

– Sentir medo não é nenhuma vergonha – disse Minerva. – Corajoso não é aquele que não tem medo, mas aquele que consegue superá-lo.

– De qualquer modo, foi o senhor T.A.R. que assumiu o controle da situação – disse Elmar. – E sou-lhe grato por isso, mesmo que eu às vezes zombe dele por sua lentidão. Hoje, ele demonstrou que a lentidão pode ser muito útil. Enquanto nós outros, devido ao pavor, queríamos fazer qualquer coisa e, principalmente, bem rápido, o senhor T.A.R. manteve a cabeça fria e nos aconselhou a refletir primeiro e a pensar sistematicamente. Acho que, sem sua conduta analítica e cuidadosa, ainda estaríamos em cima das rochas, afobados, experimentando qualquer coisa, vendo as horas passarem e o dia terminar.

A lentidão pode ser muito útil.

Minerva assentiu com a cabeça. – Uma percepção importante – disse ela. – Senhor T.A.R., apesar de não ser mais nenhum segredo, queira nos dizer agora qual é sua maior qualidade.

– A *capacidade de planejar* – disse a tartaruga.

Anton lembrou que o senhor T.A.R. contara que seu trabalho tinha muito a ver com planejamento. Por isso, depois interpelou o velhinho encouraçado a respeito.

– Sou responsável pela divisão de tarefas e pela vigilância dos locais de pastagem – respondeu o senhor T.A.R. – As tartarugas, embora não comam tanto quanto os elefantes, têm um apetite abençoado. Minha tarefa é distribuir os arbustos e as touceiras de capim disponíveis, de modo que todos tenham alimento suficiente. Sei que não apenas me movimento devagar, como também atuo devagar. Minha receita de sucesso é a *meticulosidade*.

Prefiro pensar muito no começo para elaborar um bom plano de alimentação. Pois, se meus planos não derem certo, vão acontecer enormes atritos e muita demora entre as tartarugas. Como nos movimentamos devagar, leva uma eternidade colocar tudo em ordem novamente. É por isso que primeiro coleto informações: onde há novos locais de pastagem? Quais locais já estão completamente esgotados? Quantos animais de nossa espécie provavelmente virão se alimentar? Depois, analiso as informações, ou seja, pesquiso quão abundantes são as fontes de alimento e quão famintos estão meus companheiros. Em seguida, delineio as opções e escolho a melhor alternativa. A fase de execução começa com a elaboração de planos de alimentação e a distribuição das tartarugas. Enquanto algumas comem, averiguo se tudo está em ordem. Caso alguém esteja com fome ou se alimentando no local errado, procuro eliminar a irregularidade. Mas já constatei que, quanto mais detalhado é o plano, menos problemas sua execução ocasiona. O tempo que se investe no começo é recuperado quando tudo passa a funcionar às mil maravilhas.

Um bom plano é meio caminho andado.

Como costuma acontecer nessas latitudes, o crepúsculo não durou muito. Até os animais atracarem a jangada, o céu noturno já se tingira de uma gama de cores que ia do azul ao negro, incluindo o vermelho.

Naquela noite, Anton quase não se assustou com os ruídos vindos da selva. Poucas horas antes, ele ultrapassara um precipício de cinco metros. Sentia que continuava evoluindo diante dos desafios da selva.

Antes de adormecer, voltou a registrar o que tinha aprendido. Foi o seguinte:

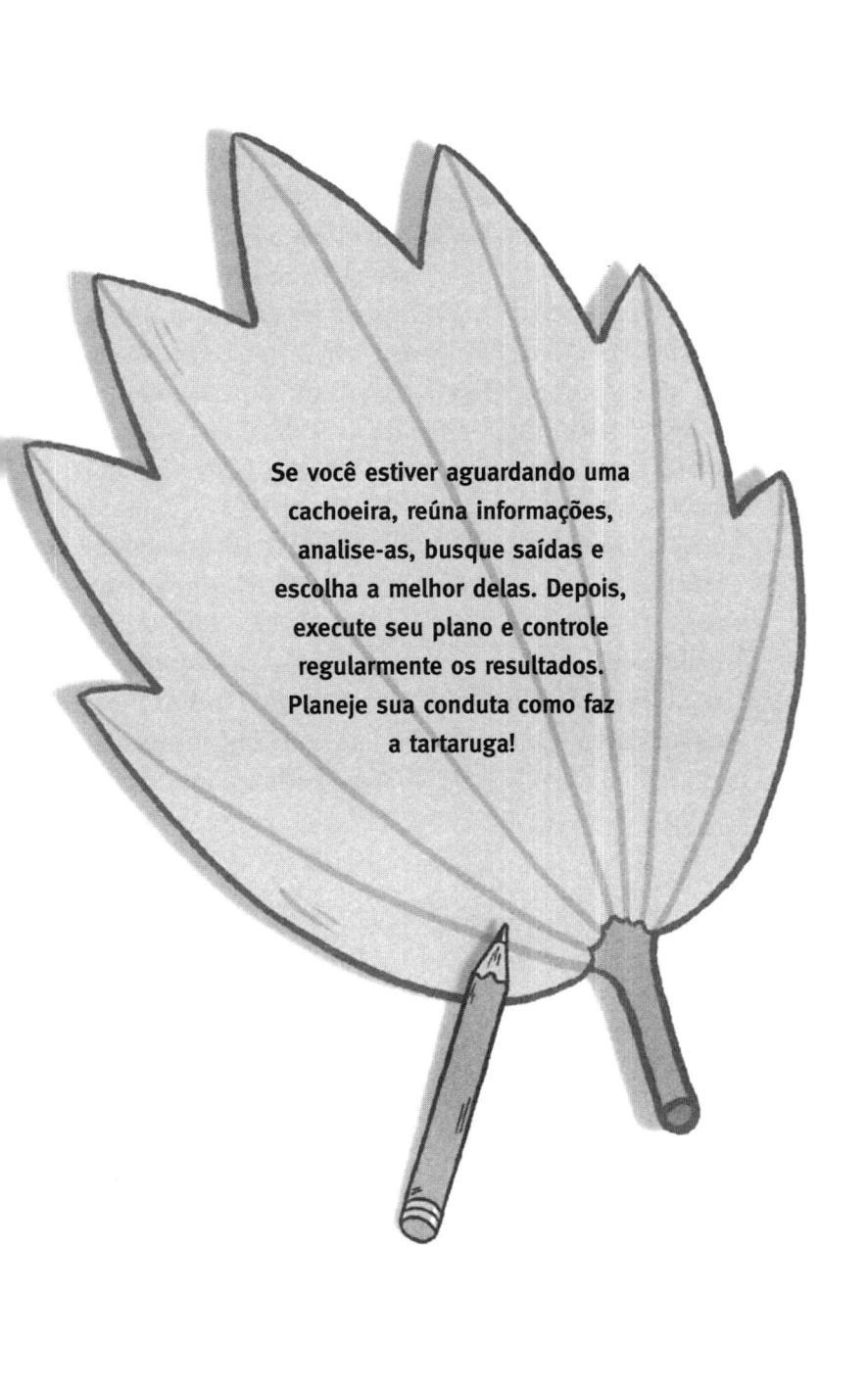

Se você estiver aguardando uma cachoeira, reúna informações, analise-as, busque saídas e escolha a melhor delas. Depois, execute seu plano e controle regularmente os resultados. Planeje sua conduta como faz a tartaruga!

O quarto dia

Naquela manhã, Anton foi arrancado do sono abruptamente, surpreendido por uma gigantesca inundação, e correu o risco de ser levado da borda da jangada pela água. Só depois de alguns instantes entendeu que a inundação não passava de uma gota de chuva. Apesar disso, Anton ficou encharcado da cabeça aos pés.

"Um tiro certeiro", pensou ele.

A ducha forçada não seria a única, pois não demorou dois minutos para o céu abrir suas comportas e despejar água a cântaros.

Um a um, os outros animais foram despertando. Primeiro Minerva e *King* Eduard e, logo depois, Alfons.

Quando Lea se levantou, resmungando e sacudindo o pêlo, Anton julgou estar no dia anterior, debaixo da cachoeira. Mas não disse nada, só torceu as antenas. Lea, além do mais, não parecia exatamente bem-humorada.

A tartaruga encolheu a cabeça, a cauda e as pernas. Assim protegida, a umidade não conseguia atingi-la. As gotas de chuva simplesmente ricocheteavam em cima dela.

Anton já estava começando a invejar sua carapaça, quando a ouviu xingar: – Maldição! Droga! Quem quer que seja, pare imediatamente de tamborilar!

– Ninguém está tamborilando nas suas costas – explicou Anton. – Está chovendo, só isso. – Aparentemente, a carapaça de uma tartaruga oferecia vantagens, mas também tinha lá suas armadilhas. Primeiramente, o senhor T.A.R. expôs a cauda, depois as quatro patas e, por fim, a cabeça. Mal a tartaruga tinha aberto os olhos, uma gota grandona caiu bem em cima de sua cabeça.

– Ora, isso pode até ser divertido – murmurou ela.

No momento, o único que ainda dormia era o corpulento Elmar, a quem mesmo a chuva mais forte não conseguiria afetar.

Minerva observou o céu acima do rio com a cabeça encolhida e disse: – Acho que hoje vai chover o dia inteiro, sem parar. É melhor abrir a cobertura.

– Nós temos uma cobertura? – perguntou *King* Eduard.

– Sim – disse Minerva. – As quatro hastes de madeira que estão na popa podem ser colocadas nos quatro cantos de nossa jangada. Sobre elas estenderemos uma esteira feita de folhas de palmeira trançadas. Ela deve ficar próxima das hastes e ser enrolada e amarrada. Lá, atrás de nossos mantimentos.

Como se tivesse ouvido uma palavra mágica, o elefante abriu os olhos, murmurando: – Mantimentos? Será que ouvi alguém falar em mantimentos?

O teto foi rapidamente instalado. A visão do café da manhã estimulou Elmar a bater um novo recorde de velocidade.

Mais tarde, a jangada flutuou – como outrora a arca de Noé – debaixo de um verdadeiro dilúvio que se abateu sobre as águas revoltas. Embora eles se mantivessem secos, a tempestade tornou o ambiente excepcionalmente carregado.

– Chuva! – sibilou a leoparda para si mesma, contrariada. Pancadas de chuva muito demoradas costumavam deixá-la deprimida.

Minerva tentou transformar a situação em algo positivo. – A água é a fonte da vida – disse ela.

– Mas precisava ser nessa quantidade? – retorquiu a leoparda.

– Você está chovendo no molhado, Minerva! – brincou o macaco. Mas ninguém riu, nem ele próprio.

Até o meio-dia, o tempo não melhorou. Pelo contrário. Ao aguaceiro ininterrupto somou-se ainda uma trovoada, daquelas que raramente ocorrem na floresta. Relâmpagos riscavam o céu, em formas bizarras, e trovões poderosos rasgavam os ares.

Era assustador.

Anton gostaria de ter se escondido não sabia onde, em algum lugar protegido em que não precisasse ter medo de ficar torrado. Mas onde haveria um lugar assim, em cima de uma jangada no meio da selva? Nem debaixo da orelha do elefante Anton se sentiria seguro naquele dia.

Apesar de todo o seu medo, Anton não foi atingido por nenhum raio. Não teve a mesma sorte, porém, uma árvore junto à margem, bem à frente deles. Anton viu a copa do gigante de madeira ser consumida pelas chamas, apesar da chuva, e seu tronco imponente simplesmente fender-se devido à força descomunal da natureza. Quase no mesmo instante, soou um barulho de trovão ensurdecedor, e o ar começou a vibrar. Depois, por um momento, tudo pareceu aquietar-se.

Até Anton ouvir o estalo.

Aquilo que inicialmente parecia um ruído longínquo transformou-se rapidamente num rangido ameaçador, quase tão forte quanto o trovão. No início, não se enxergava nada de suspeito; depois, Anton notou que a árvore atingida pelo relâmpago se partia. A copa incendiada pendeu para o lado, a fenda no tronco ampliou-se para baixo, e ouviu-se um estalo ainda mais forte.

De repente, ficou evidente para Anton: se a árvore se inclinasse na direção do rio, atingiria a jangada. Ele olhou em torno e percebeu que todos os outros animais observavam o espetáculo tão perplexos quanto ele próprio. Percebeu que tinham consciência do perigo que pairava sobre eles. Mas nenhum estava em condições de se mexer.

Tampouco Anton.

Quando percebeu que a árvore em chamas ia de fato despencar em cima deles, quis fazer alguma coisa, qualquer coisa, para deter a jangada. Mas suas pernas estavam como que paralisadas, o mesmo acontecendo com os outros seis. Dominado pelo pânico, sentiu vontade de gritar, mas nem isso ele conseguiu.

Então aconteceu aquilo que ele julgava impossível: Lea, a leoparda, libertou-se de sua paralisia, agarrou a pequena âncora com a boca e pulou para fora da jangada. Nunca na vida Anton se esqueceria do enorme salto da jangada até a margem, do outro lado. Com um segundo salto, Lea atingiu um toco de árvore, em torno do qual enrolou freneticamente a corda.

Anton observava a corda da âncora, preocupadíssimo. Felizmente, ela suportou o peso. Esticou-se, e a jangada parou. E a árvore arrebentou-se no rio, bem na frente deles. Respingou água em todas as direções, um galho rasgou a cobertura para chuva, a jangada chacoalhou.

Então, o estrondo cessou, tão depressa como tinha vindo. O medo de Anton passou, como se dele tivesse se desprendido um gigantesco pedaço de rocha. Ele apalpou as antenas e as pernas. Para seu grande alívio, constatou que estava inteiro.

Como se verificou logo depois, nenhum dos outros animais tinha se ferido. Quem escapara por um triz fora *King* Eduard. – Um galho em chamas quase atingiu meu traseiro de raspão – contou ele. Se tivesse me pegado, eu poderia ter sido confundido com um frango assado. Foi sorte eu ter perdido as penas da cauda há dois dias, durante o esporte matinal.

Como ninguém mais tivesse vontade de continuar a viagem, o grupo decidiu ir para terra firme. Eles descobriram um lugarzinho relativamente seco, debaixo de uma palmeira, que tinha folhas largas e espaçosas. Ali permaneceram, até que o mau tempo passasse.

Quando estava tudo calmo outra vez, e depois de cada um ter filosofado o suficiente sobre o que poderia ter acontecido, Minerva disse: – Bem, sinto muito mesmo por esse incidente. Ele não estava *nos planos – pelo menos, não neste lugar.*

– *Não neste lugar?* O que você quer dizer com isso? – indagou o senhor T.A.R.

– Ora, eu realmente planejava expô-los a uma situação parecida – respondeu a coruja –, num trecho mais adiante, rio abaixo. Teríamos chegado a esse lugar em duas horas. Contratei alguns cupins para trabalharem como lenhadores especialmente nessa ocasião. A tempestade de qualquer modo se antecipou a mim.

– E pode-se saber por que você estava planejando nos matar? – perguntou a tartaruga.

– Mas o que é que você está dizendo? – perguntou Minerva. – Eu não queria matar vocês. Tampouco desejava pregar-lhes um susto.

– O que tinha em mente, então?

– Eu queria ensinar-lhes a quarta lição.

King Eduard torceu o bico, incrédulo. – Agora, de ave para ave: como se chama a quarta lição? *Como se desviar de árvores que estão caindo?*

– É claro que não – disse Minerva. – Preste atenção. Todos vocês, prestem atenção. Sei que foi perigoso. Mas vamos tentar aprender algo a partir dessa experiência. Hoje todos nós fomos confrontados com uma situação inesperada.

– Esse deve ter sido o eufemismo do século – murmurou *King* Eduard.

– Essa era a peculiaridade da situação – disse Minerva. – Vocês devem se lembrar de que no nosso primeiro dia quisemos ver a selva como um símbolo de nossas vidas. Tudo está no rio: foi o que constatamos na ocasião. E como as coisas estão no rio, existem acontecimentos com os quais não contamos. Imprevistos alarmantes. No início, tudo o que é inesperado é ameaçador. Tudo bem, nem sempre tão ameaçador quanto um gigante da selva prestes a desabar, mas, mesmo assim, nesse momento somos dominados, na maioria das vezes, por uma sensação desagradável: a sensação de medo. Qual a conseqüência disso? Acho que hoje experimentamos na pele e com muita clareza o seguinte: ficamos paralisados. Apenas Lea teve condições de agir e com isso talvez salvar nossas vidas. Lea, conte-nos o que aconteceu com você quando o raio caiu em cima da árvore.

O medo nos paralisa, mas é melhor fazer alguma coisa do que não fazer nada.

– Primeiro fiquei como que plantada no lugar – como todos vocês – começou a leoparda. – Tive medo. Mas, ai de vocês se alguém passar isso adiante! De qualquer modo, percebi que corríamos perigo e seríamos atingidos pela árvore se ninguém fizesse alguma coisa. Tinha certeza de que conseguiria deter a jangada de algum modo. Quando vi a corda da âncora, pensei: "Fazer alguma coisa é melhor do que não fazer nada." Avaliei se eu conseguiria, com um salto, chegar até a margem a tempo. Depois saltei.

A pedido de Minerva, Lea contou um pouco mais sobre seu trabalho. Como a maioria dos animais de sua espécie, ela caçava. Desempenhando essa função, era comum ter de tomar decisões com muita rapidez. Correr para a esquerda? Para a direita? Mudar de direção? Rapidez e flexibilidade – esses eram os atributos que a caracterizavam.

– Será que isso não contradiz nossa lição de ontem? – perguntou o elefante. – Por um lado, devemos planejar como o senhor T.A.R.; por outro, temos que ter rapidez e flexibilidade. Como eu vou saber como agir em cada situação?

– Boa pergunta – comentou Minerva. – Ao contrário de hoje, a questão de ontem não era uma *surpresa*. Vocês sabiam que estavam se aproximando de uma cachoeira e aproveitaram a oportunidade para delinear um plano, um plano de ação, por assim dizer, para resolver o problema da melhor maneira possível. Hoje, por outro lado, vocês tiveram, como acontece muitas vezes na vida, que lidar com uma *situação imprevista*. Em outras palavras: planejem o que puderem planejar, mas sejam flexíveis para lidar com o inesperado. Sobretudo, não se esqueçam de agir. Quando sua decisão consciente for *não* agir, ótimo. O problema é ser incapaz de agir, como ocorreu hoje, por causa do medo. Ou então por causa da inércia. Ou do hábito. Há muitas razões pelas quais os animais deixam de agir. Repetindo mais uma vez: quando se tratar de uma decisão consciente, não há nenhuma objeção à passividade. Mas quando uma árvore ameaçar cair em cima de vocês, será preciso solucionar *o problema de forma ativa*. Ela deu uma olhada na chuva lá fora e disse: – Acho que vou voando mandar os cupins para casa, antes que eles se resfriem nessa tempestade. Nos vemos depois. Fiquem aqui e reflitam um pouco mais sobre o dia de hoje.

Planeje o que você puder planejar, mas seja flexível para lidar com o inesperado.

Não existe nenhuma objeção à passividade, desde que se tenha feito uma escolha consciente.

Foi o que Anton fez. Não havia muitas alternativas, pois, em vista do mau tempo, ninguém tinha disposição para conversar. O incidente com a árvore também contribuiu para o abatimento geral, que perdurou noite adentro.

O tamborilar monótono da chuva deixou Anton cansado mais cedo naquela noite. Mas, antes que ele se entregasse ao merecido sono, não deixou de escrever em sua folha de palmeira o que tinha aprendido naquele dia:

Se uma árvore ameaçar cair em cima de você, decida e aja com rapidez. Se você se encontrar diante de perigos inesperados, seja flexível como a leoparda.

O quinto dia

Naquela noite, Anton sonhou com Amelie: os dois estavam dançando ao ritmo suave de uma rumba de formigas. Era necessário coordenar um total de doze pernas, uma empreitada nada fácil, ainda mais tendo em vista que a música saiu terrivelmente do tom em seus momentos mais belos. Acima dos adoráveis sons da orquestra de formigas, soou um desajeitado timbre de tuba, justamente quando Anton desejava aconchegar-se à face de sua amada. Anton perdeu o ritmo, tropeçou... e acordou.

Do doce sonho com Amelie.

Anton suspirou e ouviu de novo uma dissonância que instantaneamente arrepiou sua antena. Contrariado, buscou com os olhos aquele que estaria perturbando a paz matinal. Não viu ninguém.

Anton levantou-se e deixou seu abrigo noturno. Constatou, satisfeito, que a chuva havia parado. O sol tinha expulsado as nuvens. Isso melhorou seu estado de espírito, pelo menos até ele ouvir o estrondo seguinte.

Acompanhou então o som, até surpreender Elmar, que parecia ter sido o primeiro a acordar naquele dia e já saboreava seu café da manhã, barrindo sozinho, a plenos pulmões.

– Muito bom-dia baixinho! – cumprimentou o elefante ao ver Anton.

– Bom-dia! – retribuiu Anton. Nunca se acostumaria a apelidos como " baixinho", "anão", "tampinha", mas omitiu isso ao dirigir a palavra ao elefante. De qualquer forma, ele o deixara dormir debaixo de sua orelha nas primeiras noites.

– Espero que tenha tido um bom descanso! – disse Elmar, empurrando para dentro da boca um cacho inteiro de bananas.

– Até certo ponto, sim – respondeu Anton.

O elefante parou de mastigar. – Minha nossa! Por acaso eu acordei você?

– Não tem importância! – disse Anton, fazendo um aceno.

– Sinto muitíssimo – desculpou-se Elmar. – Não tive a menor intenção.

– Não se preocupe com isso – respondeu Anton, tranqüilizando-o. Seu humor melhorou visivelmente. – Tenho sono leve. Por que você está tão contente?

– Eu? Contente?

– Claro – respondeu Anton. – Você normalmente tem sono de manhã, e hoje foi o primeiro a se levantar. Além disso, fez as árvores tremerem com seus barridos. O que aconteceu?

O elefante empurrou para dentro da boca outro cacho de bananas, mastigou-o com satisfação e depois disse: – Não tenho idéia. Eu simplesmente estou de bom humor. No início, eu não queria de jeito nenhum participar desse seminário idiota. Quando Minerva nos disse que íamos passar sete dias em cima de uma jangada, tive vontade de dar meia-volta e ir para casa na hora. O tempo todo tenho que me mexer como se estivesse pisando em ovos, para a jangada não virar. Mas tudo bem! De qualquer modo, precisei ser muito corajoso para subir em cima dessa prancha oscilante. Além disso, no começo, vocês todos me criticaram. Por causa da profundidade e tudo mais.

– E por causa disso você está tão bem-humorado? – perguntou Anton, admirado.

– Claro que não, baixinho! – retorquiu o elefante. – Estou bem-humorado porque nos últimos dias percebi que estou me divertindo com a viagem. Acho que foi influência do macaco. De qualquer maneira, estou achando nossa aventura incrivelmente interessante. Estou curioso para saber o que vai acontecer.

– Você não sentiu medo da tempestade de ontem e da queda da árvore?

– E como! – respondeu Elmar. – Mas hoje estou contente pelo fato de o incidente ter sido tão benigno. Estou simplesmente contente com a vida. Aliás, você também deveria estar.

Como se comprovou depois, o elefante era o único cujo humor melhorara durante a noite. Todos os outros ainda não haviam se recuperado do susto do dia anterior. Até mesmo o macaco parecia ter perdido seu espírito aventureiro com a queda do raio na véspera. E a tartaruga tinha chegado ao fundo do poço.

King Eduard via a situação sob uma perspectiva um pouco menos positiva. – Ontem, nós quase morremos! – grasnou ele. – E grelhados! Acho que depois desse incidente deveríamos largar o seminário e dar nossa viagem por terminada. Quem sabe o que pode nos ocorrer se continuarmos a desafiar o destino?

– Acho que você não faria má figura como frango grelhado – comentou o elefante.

King Eduard não achou a menor graça na brincadeira. – É, fique aí fazendo suas piadinhas! – sibilou ele. – Se eu fosse tão grande e...

– Forte?

– Não, eu ia dizer *gordo*! Se eu fosse tão grande e *gordo* como você, também não me preocuparia com nada. Mesmo que a floresta inteira desabasse em cima de nós, não ia acontecer nada com você.

– A águia tem razão – disse Lea. – Foi puro acaso eu reagir tão rápido e conseguir deter a jangada a tempo. Um segundo a mais e a essa altura seríamos comida de peixe.

– Com exceção de Elmar – observou *King* Eduard, sarcástico.

O elefante teve vontade de retrucar: "Seu frango grelhado!", mas desistiu na última hora, pois não queria colocar mais lenha na fogueira. Em vez disso, falou: – Eu admito. A situação ontem poderia ter acabado mal, isso não se discute.

– Por isso deveríamos continuar a viagem a pé! – A censura vinha do macaco. – Vocês me conhecem. Eu, de fato, adoro aventuras, mas quando passa dos limites, passa dos limites!

Durante alguns minutos reinou um silêncio indefinido. Minerva disse, então: – Vejo que vocês refletiram durante a noite. É bom passar a noite pensando num problema. No dia seguinte, enxergamos a situação com muito mais clareza. Nesse caso, vocês chegaram à conclusão de que continuar a viagem seria muito perigoso. Não vou censurar ninguém que queira ir embora. No entanto, sugiro que vocês cheguem a uma decisão comum.

– Boa idéia – disse *King* Eduard. – Quem for a favor de interrompermos a viagem, que levante a mão, a asa, a pata, ou seja lá o que for.

Anton viu a fileira de asas e patas se erguer. Somente Minerva e Elmar deixaram de fazê-lo. Minerva porque, como treinador do seminário, abstinha-se de votar, e Elmar porque desejava continuar.

– E você, baixinho? – perguntou *King* Eduard.

– Ainda não decidi – respondeu Anton.

– Você não aprendeu nada ontem? – replicou *King* Eduard. – Há situações na vida que exigem uma decisão rápida. Este seminário segue um planejamento. Então, de repente, acontece um incidente. E agora precisamos ser flexíveis e agir com rapidez.

Anton refletiu. Para sua surpresa, ouviu-se dizer ao rei dos ares: – Com rapidez não significa necessariamente com precipitação. A mim parece que vocês já refletiram o suficiente. Eu, pelo contrário, nunca considerei seriamente a possibilidade de interromper o seminário. Por um lado, sou a favor porque ontem fiquei tão apavorado quanto vocês, para dizer o mínimo. Por outro, já chegamos até aqui. Acho uma pena desistir antes da hora. Peço a vocês: me dêem ainda uma hora, o tempo de vocês tomarem o café da manhã. Depois disso, vou lhes revelar minha decisão.

Agir rapidamente não significa necessariamente tomar uma decisão precipitada.

– Em última análise, sua opinião não tem nenhuma importância – aparteou o senhor T.A.R. – Alfons, *King* Eduard, Lea e eu somos maioria. Mesmo que você vote a favor da continuação da viagem, ainda seremos quatro a dois.

– Por outro lado, não há mal nenhum em tomar um café da manhã – disse Lea, que ficara tão deprimida com o mau tempo da véspera que mal se alimentara. Naquele momento, a fome a atormentava ainda mais. – Vamos comer agora, depois iniciaremos a viagem de volta.

"Então já está decidido", pensou Anton, que não sabia se ficava abatido ou contente.

De qualquer modo, sentiu pena do elefante, pois restara muito pouco de seu bom humor.

– O que houve, Elmar? – perguntou Lea. – Venha tomar café da manhã conosco.

– Já tomei meu café da manhã – respondeu Elmar.

– Então tome outro – sugeriu ela. – Senão, você fica o tempo todo com fome.

– Não, obrigado – murmurou Elmar, baixinho. – Perdi o apetite.

Enquanto os outros se dirigiam para o local de alimentação, Elmar caminhou na direção oposta. Anton estava dividido entre uma coisa e outra, porque não sabia o que era certo ou errado naquela situação. Permaneceu, portanto, sentado onde estava, para refletir melhor.

Quando o café da manhã terminou, os outros regressaram.

King Eduard perguntou: – E então, o que você decidiu, pirralho?

Pirralho – pelo menos já era alguma coisa diferente.

– Acho que sou a favor de continuarmos a viagem – retrucou Anton.

– O.k. – opinou a águia. – Com isso, ficamos em quatro a dois, e vamos voltar. Onde está Elmar?

– Pelo que sei, no rio – suspirou Anton.

Elmar estava realmente na beira do rio. Ele tinha começado a soltar a jangada, que estava presa entre alguns ramos e galhos do gigante da floresta que caíra.

– Vamos arrumar nossas coisas e caminhar de volta até nosso ponto de partida – disse *King* Eduard. – Venha conosco. A viagem terminou.

– Não vou voltar com vocês – murmurou o elefante.

– Seu paquiderme teimoso! – grasnou a águia. – Nós chegamos a um acordo sobre uma conduta comum. Nenhum de nós pode sair fora.

Elmar contou aos outros aquilo que já havia dito a Anton na hora do café da manhã, ou seja, que ele, apesar do ceticismo inicial, descobrira que estava se divertindo na viagem. – No começo, eu não quis acreditar, mas é verdade: aprendi muita coisa sobre mim próprio e minha vida. É por isso que quero ir até o fim.

– A maioria de nós acha a viagem muito perigosa – esbravejou o senhor T.A.R.

– Você disse muito perigosa?

– É, muito perigosa. Talvez não para você, mas para nós. E se você continuar por conta própria, a viagem pode terminar em alguma fatalidade para você. Junte-se a nós.

Elmar pensou por um momento. – Quantos incidentes como este você vivenciou em seus seminários, Minerva? – perguntou ele.

– Felizmente, este é o primeiro – respondeu a coruja.

– Aha! – disse Elmar. – E agora eu pergunto a todos vocês: quantas tempestades vocês já viram, sem contar esta?

As respostas naturalmente variaram. Anton, com três tempestades, foi o mais inexperiente. O senhor T.A.R., em seus cento e dezoito anos de idade, já passara por tantas tempestades, que até parara de fazer as contas. – Mas foram muitíssimas – confirmou ele, todo orgulhoso.

– E apesar de todas elas, você ainda está vivo, não? – perguntou Elmar, simulando grande espanto. – E como aconteceu de esse tempo traiçoeiro ainda não ter acabado com você?

– Poupe-me de sua ironia! – revidou o senhor T.A.R. – Aquilo que superei até aqui não tem nada a ver com o assunto. Admita que a tempestade de ontem representou um perigo real para nós.

– Quero chegar ao seguinte ponto – explicou Elmar. – Quão grande é a probabilidade de que alguma coisa realmente nos aconteça? Em todas as tempestades que você viu, quantas árvores foram atingidas por um raio diante de seus olhos e quase mataram você?

A probabilidade de que algo realmente ruim aconteça é grande apenas em nossa fantasia.

– Nenhuma – teve de admitir o senhor T.A.R.

— E quantas de suas companheiras tartarugas quase foram mortas por uma árvore atingida por um raio?

— Nenhuma.

— Agora me dirijo a vocês — continuou o elefante. — Algum de vocês, com a exceção de ontem, já foi alguma vez surpreendido pela queda de alguma árvore?

Ninguém se manifestou.

— Ou então já aconteceu, alguma vez pelo menos, de vocês assistirem a essa cena a distância?

Novamente, não houve resposta.

— Ou vocês conhecem alguém que já foi testemunha de um incidente como esse?

Depois de algum tempo, o macaco se manifestou: — Tenho uma tia de segundo grau cujo enteado conhece alguém que...

— É exatamente isso o que quero dizer — interrompeu Elmar. — Árvores atingidas por raios que matam alguém são tão raras que não vale a pena se preocupar com isso o tempo todo.

— Mas não podemos simplesmente fechar os olhos para os perigos da selva — gritou Lea, revoltada.

— Não estou defendendo isso — disse Elmar. — Estou querendo apenas *sensibilizá-los* para que *avaliem os perigos de maneira realista*. Vocês todos já afirmaram que é quase impossível ser morto por uma árvore atingida por um raio. O único que tem, digamos assim, experiência mais ou menos direta com isso é Alfons. E aposto que o conhecido do enteado de sua tia de segundo grau não se

Não feche os olhos para os perigos; aprenda a avaliá-los de forma realista.

encontrava numa jangada quando o raio caiu, não é verdade, Alfons?

– É verdade – admitiu Alfons.

– Então, poderíamos ser atingidos tanto pelo raio quanto pela árvore em qualquer lugar – continuou Elmar.

– Você parece estar se esquecendo de uma coisa – disse o senhor T.A.R., sério. – Aqui não se trata apenas de árvores atingidas por raios. Os perigos à espreita na selva são múltiplos.

– Isso é verdade. Mas, sejam eles quais forem, não é verdade que normalmente sabemos controlá-los? Todos nós já vivemos dúzias, senão dezenas, de situações nas quais poderíamos ter morrido ou nos machucado. Ou, de modo um pouco menos dramático, situações que acreditamos nos custariam o emprego. Por acaso elas custaram nosso emprego? Nosso chefe pediu nossa cabeça? – Ele deixou a pergunta no ar. – Como vocês sabem, trabalho no abate de árvores junto com os elefantes. E nesse trabalho sempre ocorrem problemas. Já vi mais árvores caindo do que todos vocês juntos. Com certeza, isso não é tão imprevisível como nossa experiência de ontem. Mesmo assim, sempre pode nos surpreender. Além disso, ela é perigosa também para os elefantes. Nossa pele grossa nos protege apenas até certo ponto. Já vi muitos ferimentos, e eu mesmo já sofri alguns. Será que devo me preocupar com isso todo dia? Tento ficar tão atento quanto possível, mas não deixo que isso me tire o prazer de trabalhar e de viver. Quando algo vai mal, esforço-me ainda mais para me manter firme.

Minerva também tinha um ditado pronto, dessa vez, como ela explicou, da coruja romana, Marco Aurélio: – "Seja como o penhasco no qual as ondas quebram continuamente!" Em outras palavras: sejam persistentes em seus esforços. **Seja como o penhasco no qual as ondas quebram continuamente.**

– É exatamente essa minha opinião – concordou Elmar. – Quanto maior é o obstáculo a ser removido, tanto maior será o sucesso. Confiem em suas habilidades e não desistam antes da hora.

– Se eu fosse tão robusto quanto você, também diria isso – opinou *King* Eduard.

– Pode ser que eu seja grande e forte e por isso menos vulnerável do que vocês – admitiu o elefante. – Mas será que cada um de vocês não possui uma qualidade que os protege de perigos eventuais? Lea reage ou foge com muita rapidez. Alfons subiria prontamente numa árvore, para se manter em segurança. *King* Eduard fugiria voando de um perigo desde que um elefante não tivesse arrancado as penas de sua cauda. E você, senhor T.A.R., só precisa encolher a cabeça para ficar protegido pela carapaça. Até o Anton tem uma qualidade: é tão pequeno, e seu corpo de inseto, tão robusto, que algumas folhas ou ramos não conseguem afetá-lo. Ele teria que ser atingido pelo tronco.

– Só para ver se estou entendendo direito – insistiu *King* Eduard –, sua mensagem significa, portanto, que muitos de nossos medos não têm fundamento?

– Não é que não tenham fundamento – explicou Elmar –, mas eles são, antes, exagerados pela fantasia. Por isso, vocês preferiram optar pela volta, apesar de ninguém lhes garantir que na beira do rio não serão surpreendidos por uma enchente, atacados por um crocodilo ou igualmente mortos pela queda de uma árvore.

Elmar olhou para o grupo, depois virou-se e continuou a remover da jangada as partes da árvore que estavam carbonizadas. Os outros animais estavam sentados em semicírculo em volta dele, obviamente sem saber aonde aquilo iria dar.

– Lembro mais uma vez o resultado da votação – disse *King* Eduard. – Quatro a dois! Se Elmar insiste em ficar, que fique. Nós outros deveríamos partir agora para não perdermos mais tempo.

Anton então tomou coragem e adiantou-se. – Eu também vou continuar a viagem de jangada – anunciou ele. – Agradeço a todos vocês. Foram excelentes companheiros. Aprendi muito com vocês. Com essas palavras, Anton caminhou até Elmar, arrancou uma folha meio carbonizada de um galho e levou-a consigo.

Quando voltou, para pegar outra folha, viu que, naquele ínterim, o macaco também tinha mudado de lado. – Seria realmente uma pena interromper uma aventura antes da hora – disse ele, dando de ombros, indo apanhar seu guindaste na jangada. – Acho que com isto será mais fácil.

Em seguida, a leoparda também mudou de idéia.

– Quatro votos a dois! – cochichou o senhor T.A.R. para *King* Eduard, que estava sentado ao seu lado, comprimindo o bico. – Só que desta vez, a maioria infelizmente está contra nós.

– Há pouco, insisti numa conduta comum – murmurou a águia. – Palavra de rei não volta atrás. Receio que nós também tenhamos de continuar a viagem até o fim.

O trabalho de limpeza demorou, apesar do guindaste e da colaboração enérgica de todos por várias horas. Por fim, libertaram a jangada. Constatou-se que somente a cobertura tinha sofrido avarias sérias. Como naquele dia fizesse sol, ela foi guardada na popa, junto com a armação de suporte.

Naquele maravilhoso dia, a viagem transcorreu sem incidentes, e eles avançaram um bom pedaço. À noite, o conflito, que quase os levara ao rompimento, já havia sido esquecido.

Antes de Anton ir se deitar, pegou sua folha de palmeira, como de costume, e deixou que os acontecimentos do dia desfilassem em sua mente.

"É", pensou. "Há muita coisa a temer na vida. Mas será que as pessoas muitas vezes não se preocupam demais?"

Naquela noite, escreveu tudo o que Elmar lhe havia ensinado:

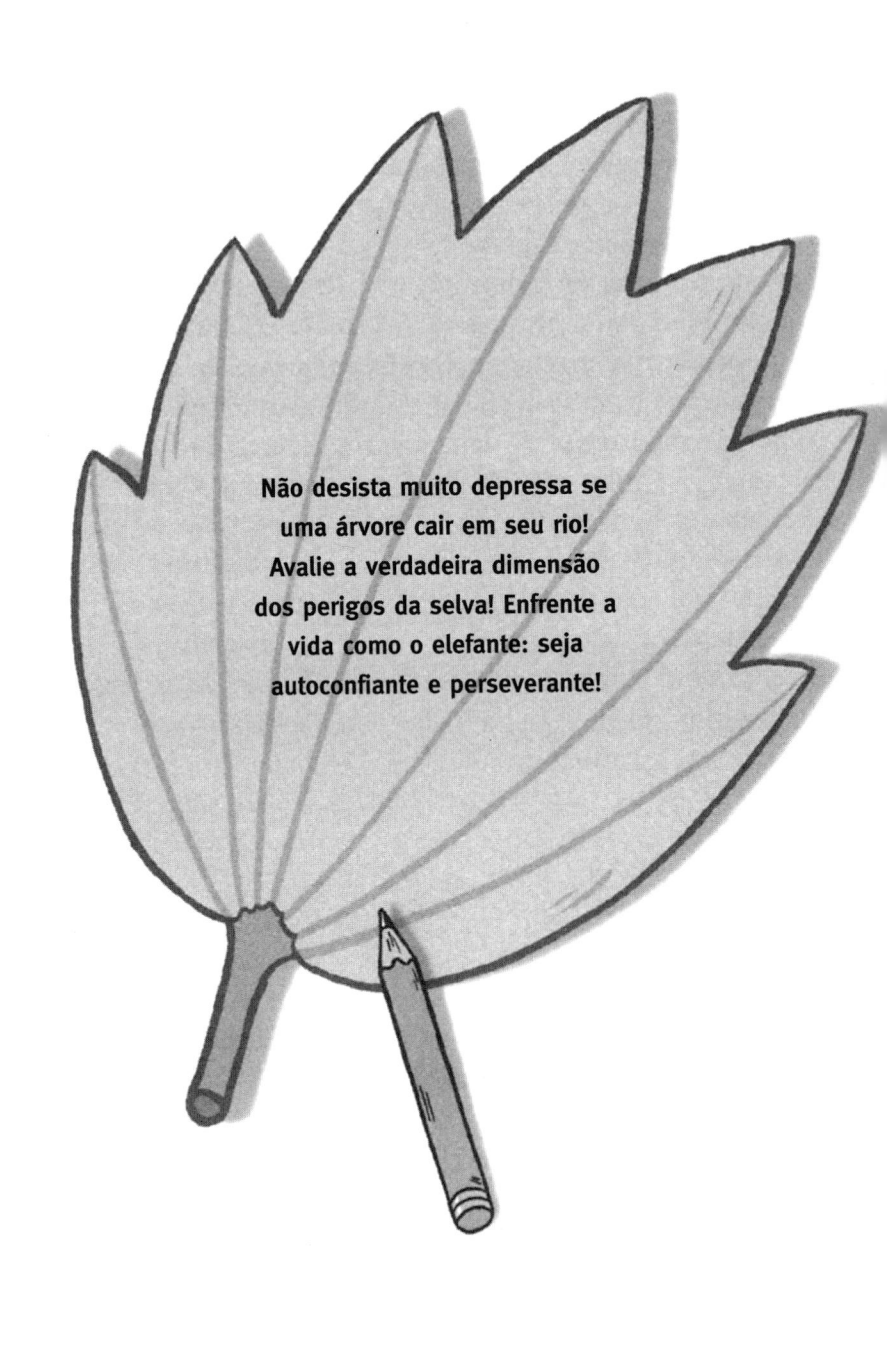

Não desista muito depressa se uma árvore cair em seu rio! Avalie a verdadeira dimensão dos perigos da selva! Enfrente a vida como o elefante: seja autoconfiante e perseverante!

O sexto dia

– Estou orgulhosa de vocês! – disse Minerva, iniciando a retrospectiva matinal. – Ontem vocês tiveram que tomar uma decisão difícil, que quase dividiu o grupo, ou seja, voltar ou prosseguir, apesar dos perigos da selva. Sei que vocês estão pensando nessa questão desde o primeiro dia, mas nunca ouvi uma discussão tão acirrada. E, depois de algumas idas e vindas, vocês chegaram a uma decisão comum, ainda que ela não tenha agradado a todos. Sua solidariedade será ainda mais forte. Meus parabéns! Não acredito que ainda deparemos com outra manifestação do imponderável, como no caso da queda de árvores. Por isso, estou convencida de que iremos atingir nossa meta, as duas palmeiras que se cruzam, amanhã de manhã.

Essa notícia provocou contentamento geral, pois todos temiam que houvesse algum atraso devido à queda do raio. O elefante barriu, a plenos pulmões, uma canção dirigida para o alto. Foi acompanhado pelo crocitar da águia, que tinha um motivo a mais para ficar contente: ela constatara que já recuperara sua capacidade de voar. O macaco guinchou, a leoparda ronronou, e a tartaruga, apesar da idade, deu pulos de alegria.

Anton observava, satisfeito, a animação confusa. Na verdade, achava o espetáculo horroroso, mas estava tão contente quanto seus amigos com o fato de estarem dentro do cronograma. Sentia-se cada vez mais feliz por não terem desistido. Além disso, estava confiante de que seriam bem-sucedidos no resto da viagem. A única coisa que anuviava sua alegria era a perspectiva de ainda ter de esperar até a noite do dia seguinte para abraçar sua amada Amelie.

Com efeito, dentro dele se misturavam muitos sentimentos diferentes, mas, de modo geral, ele estava muito satisfeito.

Por fim, também foi contagiado pela animação do grupo e contribuiu para a salada musical, tamborilando ritmadamente com suas antenas.

– Raramente vi um grupo de dança pior que o nosso – opinou Lea, mais tarde. – Mas também raramente me diverti tanto quanto hoje.

A melhora geral de humor ameaçou despencar quando eles chegaram a um lugar em que o rio se bifurcava em dois braços aproximadamente de mesma largura. Os dois cursos fluviais desapareciam ao longe, em algum lugar da selva. Era impossível prever por qual caminho eles deveriam optar para chegar até as palmeiras que se cruzavam.

O que haveria de mais prático além de perguntar a Minerva?

– Chega de brincadeirinha sem graça – reclamou *King* Eduard. – Todos nós queremos atingir a meta pontualmente. Mesmo que cheguemos amanhã antes do meio-dia, ainda teremos de retornar ao ponto de partida de nossa viagem. Aqueles que não caminham tão depressa quanto nossa amiga

Lea levarão mais tempo para chegar em casa. Por que você não diz logo se devemos optar pelo caminho da direita ou da esquerda?
 Mas Minerva apenas sorriu de leve, calando-se por completo.
 A águia torceu o bico com desdém, grasnando: – Você e seus truques psicológicos! – Depois, acrescentou, voltando-se para os companheiros: – É, amigos, acho que vamos ter de nos virar sozinhos.
 Como não conseguiam chegar a um consenso, deixaram que o acaso decidisse e apostaram no "conselho da formiga". Anton tinha de se esconder atrás de uma das orelhas de Elmar, enquanto todos os outros permaneciam de olhos fechados. Em seguida, elegeram *King* Eduard para conselheiro do rei, que escolheu a orelha esquerda. Como Anton estivesse escondido atrás dela, isso significava que eles deviam tomar o braço da esquerda. Era o que tinham combinado previamente.
 O braço seguia inicialmente rumo ao sul, como mostrava o sol. Mas, como o curso do rio dentro da selva fosse sinuoso como uma cobra, logo depois ninguém mais foi capaz de dizer em que direção de fato estavam indo.
 Depois de algumas curvas, o rio acabava de repente num banco de areia. A partir dali, só havia selva. Caso o rio tivesse alguma vez conduzido a algum lugar, isso acontecera havia muitos anos.
 – Fim da linha! – constatou, objetivo, o senhor T.A.R.
 Pela primeira vez, utilizaram os remos, necessários para vencer a correnteza amena. Ninguém

disse uma palavra até retornarem ao local em que o rio se dividia.

Quando já estavam de novo no caminho correto, não demorou muito para que recuperassem a disposição na jangada. A correnteza os levava rapidamente em direção à sua meta, e o sol brilhava num céu sem nuvens. O passeio pela terra de ninguém tinha sido quase esquecido.

O primeiro a notar a alteração foi a leoparda, que era muito sensível a mudanças climáticas. Sentada na proa da jangada e olhando para a frente, murmurou baixinho: – Vamos ter neblina!

De fato, logo apareceram os primeiros sinais de bruma. No início, passaram por eles ralos fiapos de nuvens, que, porém, se adensaram rapidamente, transformando-se num caldo turvo de aspecto leitoso, estendendo-se sobre a água como um tapete flutuante.

– Quase não consigo ver a ponta da minha tromba – resmungou o elefante. Ele exagerou um pouco, pois Anton enxergava pelo menos o contorno das duas margens do rio. Não mais do que isso. O paraíso de cores esplendorosas se transformara momentaneamente em sombras inquietantes e fantasmagóricas.

Até mesmo os olhos penetrantes de *King* Eduard não lhe valiam de muita coisa nessa situação.

– Pelo menos não vamos nos desviar de nosso caminho – grasnou ele.

O macaco fez coro: – Mesmo que tenhamos chuva ou muita neblina, o rio nos conduzirá obrigatoriamente à nossa meta.

– Mesmo assim, devemos manter os olhos bem abertos – disse a leoparda. – Se eu não me engano, vai haver apenas neblina rasteira. – Dizendo essas palavras, saltou para as costas largas de Elmar.

– E então? – perguntou o senhor T.A.R. – Está enxergando melhor daí de cima?

– Muito melhor! – respondeu a leoparda, que, apoiando-se nas patas traseiras, era alta o bastante para espiar por cima do tapete de neblina. E acrescentou em seguida:

– Xi! Acho que vamos ter um problema.

Como a neblina se tornara um pouco mais alta, Lea precisou ficar na ponta das patas para conseguir enxergar adiante – um erro, como logo se constatou.

– Ei, estou sentindo cócegas – bramiu Elmar. – Cuidado com as garras! Você está me ouvindo? – Então, ele não conseguiu mais se controlar. Disparou a rir, balançando o corpo inteiro. Quase no mesmo instante, Lea despencou de cabeça sobre a jangada.

Rangendo os dentes, ela se sacudiu. Era fácil perceber que estava furiosa.

– Na frente ou atrás? – rosnou para Elmar.

– Na frente ou atrás? O que você quer dizer?

– Estou perguntando se você quer que eu morda sua tromba ou seu traseiro. – Lea já ia escancarando a boca quando a águia interveio.

– Quando tivermos atravessado a neblina, vocês vão poder fazer cócegas um no outro e se morder à vontade – censurou. – Agora é melhor você dizer o que viu lá em cima, Lea. A qual problema você estava se referindo?

– O rio se ramifica de novo.
– Ah, não, de novo, não! – resmungou o senhor T.A.R. – Se optarmos novamente pelo braço errado, isso poderá nos custar algumas horas.
– Temo algo pior ainda – antecipou a leoparda, franzindo o rosto. – Mais à frente, o rio se subdivide em seis afluentes.
– O chamado delta da neblina – esclareceu Minerva. – Os seis braços principais do rio logo formam uma rede composta por inúmeras ramificações laterais. Algumas se interrompem e outras se juntam, formando uma torrente maior. Alguns cursos fluviais se transformam em verdadeiros pântanos. Nenhum animal sabe por que, mas sobre o curso desse delta existe, desde os tempos mais remotos, uma espessa camada de neblina. Ela não chega até a copa das árvores, mas fica tão alta que vocês não conseguem enxergar por sobre ela, mesmo que subam uns em cima dos outros, de modo a formar uma pirâmide de animais. Em outras palavras: nesta região, é bem fácil se perder.
– E você nos trouxe até aqui intencionalmente? – A águia não conseguia acreditar.
– Como é que ontem eu fui tão palerma e fiz questão de continuar a viagem? – lamentou o elefante. – Se eu morrer de fome, não vou fazer propaganda de seu seminário, Minerva!
– Nenhum de vocês vai morrer de fome – retrucou a coruja. E acrescentou, marota: – Talvez convenha não nos perdermos mais.
– E como garantir isso, deusa romana da sabedoria? – indagou o senhor T.A.R., com uma boa por-

ção de ironia na voz. – Uma bifurcação fluvial com dois braços e bom tempo não oferece problemas. Neblina sem bifurcação também não. Mas neblina com ramificação em seis braços de rio, para mim já é demais.

– Poderíamos apostar mais uma vez no "conselho da formiga", para definir um caminho! – sugeriu *King* Eduard. – Mas, para tanto, Elmar precisaria ter seis orelhas.

Enquanto Anton ainda pensava sobre o que havia de errado naquela lógica, Minerva manifestou-se: – Um animal inteligente disse certa vez: quando não sabemos aonde ir, qualquer caminho é válido.

Quando não sabemos aonde ir, qualquer caminho é válido.

– Se você não nos der uma dica, não vou conseguir entender – retrucou Lea.

Minerva coçou-se com a ponta da asa e disse: – O que quero dizer é o seguinte: se vocês não tivessem nenhum objetivo definido diante dos olhos, poderiam simplesmente seguir qualquer caminho, pois o ponto de chegada seria indiferente. É isso o que vocês querem?

– Claro que não – exaltou-se o macaco. – Como cada um iria encontrar o caminho de casa?

– Ah! Vamos então inverter o ditado. Como seria?

Depois de refletir rapidamente, ocorreu a Anton: "Quando *sabemos* aonde ir, *nem* todo caminho é válido."

– Obrigada, meu filho – disse Minerva. De algum modo, "meu filho" soou melhor que "pirralho", "baixinho" ou "tampinha". Parecia, antes, um elogio.

Minerva olhou para o grupo e concluiu seu raciocínio: – Se vocês estão se esforçando para atingir um objetivo concreto e nem todo caminho é válido, será que o conselho da formiga é a melhor forma de fazer uma escolha?

– Você quer dizer, mesmo que Elmar tivesse seis orelhas? – perguntou a águia, cética.

– Isso mesmo.

King Eduard pareceu refletir por um instante. Em seguida, admitiu: – Você tem razão. Foi bobagem nossa, é claro, ter tomado uma decisão hoje de manhã com base no "conselho da formiga". Com isso, deixamos a decisão sobre nosso destino para o acaso e tomamos imediatamente o caminho errado. Diante de seis alternativas, é ainda mais improvável que o acaso nos leve à nossa meta. Droga! Pena que isso não tenha me ocorrido antes!

– O que poderíamos ter feito para reconhecer o caminho correto? – quis saber Anton. – Ambos os braços fluviais pareciam idênticos. Como iríamos saber que o braço da esquerda iria dar na areia?

Nunca perca de vista sua meta!
– Da mesma maneira que vamos atravessar esse delta! – retorquiu *King* Eduard. – Não devemos perder de vista nossa meta! Esse é o grande segredo!

Com essas palavras, ele abriu as asas, saltou para o alto, testando sua capacidade de vôo, e afastou-se. Depois, por um momento que pareceu uma eternidade, fez-se silêncio absoluto. Ninguém disse uma palavra, nem se ouviu rumor algum de *King* Eduard. Era como se a neblina simplesmente o tivesse engolido.

De repente, porém, ouviu-se um grito de águia que parecia ser de *King* Eduard, e uma voz soou, vinda do ar: – Já sei o caminho! – Depois, de modo igualmente repentino, o grito de triunfo transformou-se num grasnado de pavor, quando *King* Eduard percebeu que não conseguiria frear seu vôo a tempo. Um segundo depois, precipitou-se na água, bem perto da jangada.

– Que ninguém diga uma palavra sobre isso! – resmungou ele, quando já se achava de novo a bordo.

– O que é que você está pensando de nós? – tranqüilizou-o a tartaruga. – É melhor nos dizer qual braço do rio devemos tomar.

– O terceiro, a contar da esquerda – disse a águia.

– E como é que você tem tanta certeza?

– Porque voei até o alto. A neblina só alcança alguns metros de altura. De cima, só se enxerga a neblina sobre a água. Em terra, ela é engolida pelas copas das árvores. Assim foi fácil reconhecer os seis cursos do rio. Eles correm em forma de leque em várias direções. Voei um pouco mais adiante, dei a volta sobre o delta e finalmente divisei, à distância, nossa meta. O terceiro rio, a contar da esquerda, vai nos conduzir até lá.

– Isso é o que eu chamo de olhos de águia! – bradou Elmar. – Eu realmente não saberia o que fazer com quatro orelhas a mais.

A viagem pelo delta exigiu muita paciência. Mais de uma vez, eles encontraram braços laterais, que *King* Eduard teve de examinar de cima. Mas encontraram o caminho correto, sem se perder. No final da tarde, quando atravessaram o paredão de neblina, recebendo novamente o calor do sol, sabiam que as duas palmeiras que se cruzavam não estavam longe.

Mais tarde, conversaram sobre os ensinamentos daquele dia. *King* Eduard contou sobre a vida que levava fora do seminário. Minerva pediu-lhe que falasse sobre seu ponto forte.

– Minha tarefa principal é descrever círculos majestosos no ar. É o que esperam de mim, como rei dos ares. Por isso, meu objetivo é fazê-lo de forma perfeita, pois quero fazer jus ao título que carrego. Nem sempre isso é fácil. Às vezes, estou tão concentrado, procurando comida ou educando meus príncipes e minhas princesas, que me esqueço de minha meta. Mas isso por muito pouco tempo, pois quando estou de novo pairando nas nuvens, o mundo parece muito pequeno. Meus problemas ficam então bem distantes, e eu me lembro da razão de minha vida: a arte de voar. Meu ponto forte é nunca perder de vista esse alvo. – E, piscando os olhos, acrescentou: – Pelo menos, não por muito tempo.

À noite atracaram à beira do rio. O macaco acendeu uma fogueira – um truque que havia aprendido com os homens, como ele próprio relatou. Não com os visitantes de pele clara do parque nacional, mas com os nativos, que não moravam longe da colônia de macacos.

Assim os animais permaneceram até tarde da noite, em volta da fogueira, contando, melancólicos, as aventuras que tinham vivido na última semana. Anton sentiu que não era o único a aguardar o dia seguinte com sentimentos contraditórios.

Com alegria, porque finalmente ia poder abraçar Amelie.

Com alívio, porque havia superado muitos perigos.

E com tristeza, porque um período maravilhoso estava chegando ao fim.

Some-se a isso a sensação de insegurança ao se lembrar de que era o único que ainda não falara sobre seu ponto forte. No dia seguinte, ele não escaparia, disso não tinha dúvidas. No dia seguinte, teria de confessar a si mesmo e aos outros que não tinha nenhuma qualidade digna de nota. Uma conclusão vexatória para um seminário inesquecível.

Tenso, deixou de lado esses pensamentos e se recolheu. Por um momento, hesitou em pegar sua folha de palmeira, que já estava quase cheia de anotações. Mas então percebeu que agir assim seria estupidez. Desde o primeiro dia, decidira aprender com os outros o máximo possível. Fazia isso havia dias com a consciência tranqüila. Não era naquele dia que iria parar.

– Qual foi a lição que aprendi? – murmurou ele, baixinho, para si mesmo. – Já sei.

Sobre a folha de palmeira, rabiscou:

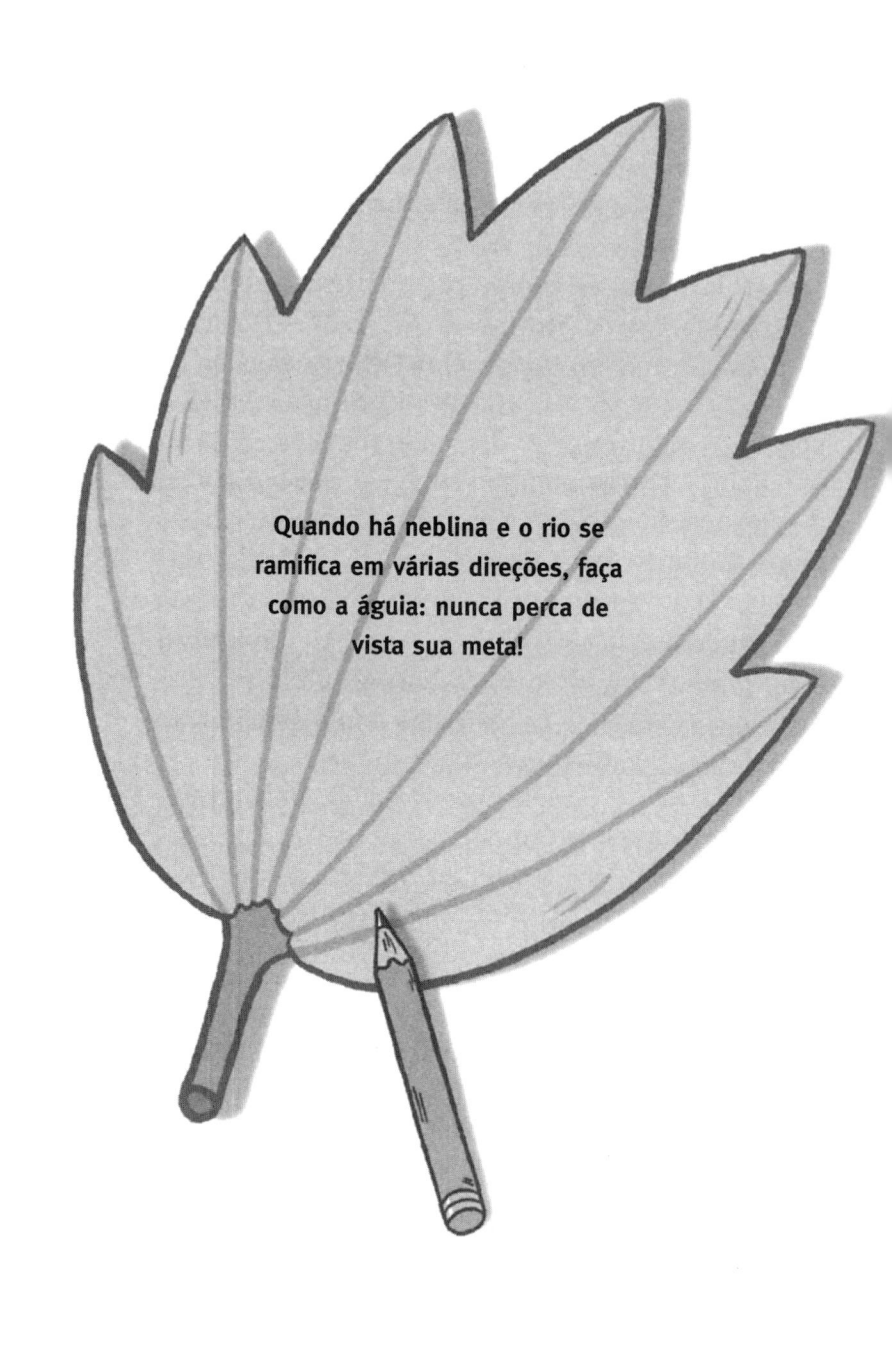

Quando há neblina e o rio se ramifica em várias direções, faça como a águia: nunca perca de vista sua meta!

O sétimo dia

O que Anton mais temia acabou de fato acontecendo no domingo: era sua vez de falar, para apontar sua principal qualidade.

Durante toda a manhã, ficou se atormentando, indagando a si mesmo qual situação Minerva tinha planejado para ele, pois, até então, as peripécias sempre tinham sido direcionadas para o ponto forte específico de cada animal. O banco de areia, a cachoeira, a queda da árvore, o delta da neblina – todos esses incidentes tinham características especiais, destinadas a mobilizar as habilidades dos participantes do grupo.

Mas qual situação esperava por Anton, se ele, segundo seu próprio julgamento, não tinha nenhum ponto forte? Ele não passava de um parasita que queria imitar os outros, só isso. Não importava o que Minerva tivesse planejado para ele, naquele momento, Anton estava se sentindo muito cobrado.

Por outro lado, como Minerva poderia conhecer as qualidades de Anton, se nem ele próprio as conhecia? Quanto mais Anton espremia seus gânglios, menos respostas encontrava. Não lhe restou outra alternativa senão entregar-se às mãos do destino e aguardar os acontecimentos. E torcer para não decepcionar muito os companheiros.

Anton estava tão mergulhado em seus tristes pensamentos que nem percebeu que a paisagem se modificara. Nos últimos dias, as margens eram planas. Naquele momento, começavam a apresentar elevações, até que ambas as margens do rio se avultaram, ficando mais altas do que a cachoeira da quarta-feira. Parecia que o rio havia recortado, há milhões de anos, uma clareira profunda numa montanha coberta de vegetação.

Anton só tomou consciência desse panorama quando a águia de repente gritou, agitada: – A meta! Estou vendo a meta! Logo chegaremos lá!

De fato! Lá estavam as duas palmeiras! Uma imagem realmente impressionante! Em ambas as margens escarpadas do rio, elas cresciam tortas em direção ao céu, de modo que os troncos se cruzavam no alto, acima da água. Formavam, naturalmente, um xis, que assinalava o fim da viagem, exatamente como Minerva anunciara.

Pouco depois, atracaram. Quando todos estavam em terra firme, a coruja disse:

– Estamos quase no fim da viagem. Tudo o que ainda nos resta fazer é retornar ao nosso ponto de partida. Sigam-me!

Com essas palavras, pôs-se a caminho, tomando uma trilha estreita, aberta no meio da selva. Elmar, Alfons, *King* Eduard, Lea e Anton iam atrás dela.

Somente o senhor T.A.R. ficou para trás. – Você vai nos fazer voltar *a pé*? – Ele ofegava, irritado. – Depois de sete dias, você vai querer voltar *caminhando*? Isso é contra o acordo! Você nos prometeu que iria providenciar a volta. Disse isso no primeiro dia!

— Não se preocupem — disse Minerva. — Nossa caminhada não vai durar muito. Temos apenas que subir a ladeira.

— E lá em cima nos aguarda um albatroz gigante, que nos levará de volta voando?

Minerva suspirou. — Aguarde apenas e me acompanhe. Um pouco de exercício não fará mal a ninguém.

A contragosto, o senhor T.A.R. seguiu os companheiros. — Se lá em cima não houver um albatroz gigante esperando por nós, eu vou ficar um fera! — murmurou de novo, baixinho.

Embora Minerva não tivesse acionado nenhum albatroz gigante, a tartaruga não ficou zangada. Pois, para grande espanto de todos, o ponto de partida se situava exatamente naquela pequena elevação. A pequena clareira na floresta, os tocos de árvores formando um semicírculo, o toco de árvore um pouco mais alto no centro, do coordenador do seminário — tudo estava lá.

— Como isso é possível? — perguntou *King* Eduard.
— Fizemos uma viagem de uma semana de jangada e voltamos ao mesmo lugar de onde partimos?

Minerva sorriu. — Eu sei, eu sei — disse ela. — É difícil de acreditar. Na verdade, o rio faz uma curva. Depois de dar muitas voltas, simplesmente perdemos o senso de direção. Temos a impressão de estarmos nos afastando cada vez mais do local de origem, mas não é isso o que acontece.

Preste atenção para não perder o senso de direção nas curvas.

121

Lea, *King* Eduard e o senhor T.A.R. estavam com pressa de voltar para casa. Eles já iam se despedindo de Minerva, quando ela solicitou a todos que se acomodassem nos tocos de árvores uma vez mais. Anton, que já quase soltara um suspiro de alívio, pressentiu o que estava por vir. E se sentiu muito mal.

– No começo do nosso seminário, cada um de vocês se deu conta da qualidade que melhor o caracterizava – começou a coruja. – É importante conhecermos a nós mesmos para sabermos os pontos fortes que temos ou que ainda precisamos trabalhar. A sábia coruja Sócrates já dizia: "O aperfeiçoamento prático exige autoconhecimento." Em outras palavras: o autoconhecimento é o primeiro passo em direção o aperfeiçoamento.

Conheça suas qualidades e suas fraquezas, pois o autoconhecimento é o primeiro passo para o aperfeiçoamento.

Nos últimos dias, todos vocês descreveram seu talento mais especial. Quer dizer, *quase* todos. Ainda falta alguém. Anton, você não gostaria de nos revelar por que ainda não se manifestou?

Anton quis engolir, mas estava com a boca seca. Chegara a hora da verdade. Olhando para baixo, ele admitiu: – Te... tenho que confessar uma coisa. Não tenho nenhum talento, nem o mais ínfimo deles. Gostaria de ter um, mas não tenho. Desde o primeiro dia, venho pensando no que eu diria quando você, Minerva, me indagasse a respeito. Não me ocorreu nada. E quando eu, depois de sete dias, não descobri em mim nenhum ponto forte, achei que não fazia sentido continuar procurando. Sei que deveria ter dito isso desde o início, mas achei que poderia aprender com vocês. Tenho vergonha de confessar que, durante todo esse tempo, não fiz outra coisa senão observá-los, porque achei que poderia acabar ficando um pouquinho parecido com vocês. Eu me aproveitei de vocês. Sinto muito. – Ele fez uma pausa, sem ousar ainda erguer os olhos do chão.

– Compreendo perfeitamente que estejam zangados comigo. Mas, mesmo assim, gostaria de lhes dizer algo: gostei muito de viajar com vocês, e com companheiros assim, eu repetiria a viagem a qualquer momento.

Durante um intervalo de tempo, que pareceu uma eternidade, ninguém disse uma palavra – pelo menos foi isso o que pareceu à formiguinha. Por fim, Minerva rompeu o silêncio. – Eu não saberia dizer que razão você teria para se lamentar, meu filho. Você não deve se envergonhar. Eu o observei desde o primeiro dia, e estou em condição de lhe dizer: mesmo que você não acredite, vejo em você uma qualidade muito especial. Uma qualidade da qual aparentemente você não se deu conta.

– Eu?... Uma qualidade? – gaguejou Anton.

– Claro – reforçou Minerva. – Você acabou de revelá-la a nós.

– Revelou? – cochichou *King* Eduard para a leoparda.

– Você disse – prosseguiu Minerva – que observou os outros porque achava que poderia acabar ficando um pouquinho parecido com eles. Mas mesmo que tenha ocorrido a você a idéia de se aproveitar deles, você não fez nada além de tentar apren-

A disposição para aprender e continuar a se desenvolver é uma qualidade que não se deve subestimar. der com eles. E não era justamente esse o objetivo deste seminário? Aprender uns com os outros e fazer uso das habilidades alheias? Por isso, você não tem nenhuma razão para se envergonhar! A disposição para aprender e continuar a se desenvolver é uma qualidade que você não deve subestimar. Ela é a base de todas as outras.

Anton sentiu que tirava um peso da alma. Não apenas porque os outros animais não estavam zangados com ele; não, além disso, ele também tinha uma qualidade! Era inacreditável!

Minerva tomou a palavra mais uma vez. – Antes de me despedir de vocês – disse ela –, permitam-me tentar fazer um resumo da última semana. Uma síntese. Como eu já havia dito no primeiro dia, o seminário deveria ser mais do que um simples treinamento ao ar livre. O rio, no qual nos deslocamos, funcionou como símbolo de nossa vida – profissional ou pessoal –, com suas muitas curvas e meandros. Na maior parte das vezes, o rio é previsível; em outras, porém, acontecem coisas inesperadas. E não é raro o rio parecer conduzir-nos por uma verdadeira selva, impenetrável e cheia de riscos. Felizmente, esses riscos, quando examinados com cuidado, são com freqüência bem menos perigosos do que supomos à primeira vista. Mas, mesmo em situações ameaçadoras, é possível prosseguir, pois tudo está no rio. E mesmo que o traçado do nosso rio, com todos os seus obstáculos, pareça preestabelecido, poderemos sempre influenciar ativamente o rumo da viagem. Eventual-

mente, encontramos ramificações fluviais ou deltas, que oferecem a escolha entre diversos caminhos. O importante é saber aonde queremos ir e como enfrentar os diversos obstáculos que encontramos pela frente. Para cada situação há uma conduta apropriada. Quem foi bom observador nos últimos dias futuramente será capaz de se orientar melhor na floresta. Porém, somente com uma condição... – ela se deteve por um momento, até obter a atenção de todos, e então disse:
– Essa condição é que vocês coloquem realmente em prática o que aprenderam!

Somente se orienta na selva da vida aquele que aprende com as próprias experiências.

Um murmúrio indignado percorreu o grupo.
– Isso qualquer criança sabe! – sibilou o senhor T.A.R., desajeitadamente.
King Eduard grasnou: – Isso é tão óbvio que dispensa comentários!
Minerva coçou a cabeça, pensativa. – Eu gostaria que vocês tivessem razão – disse ela. – Antes, eu pensava como vocês. Depois, mudei de idéia. Quantos seminários freqüentei como jovem coruja, e quão pouco coloquei em prática aquilo que aprendi!
– Talvez as dicas nesses seminários não tenham sido boas! – retorquiu Lea.
– Não, não foi isso – contrapôs Minerva. – Houve sugestões excelentes, que eu nunca tentei colocar em prática. Acreditem em mim: nosso maior inimigo chama-se rotina.

A rotina é um inimigo poderoso.

– A rotina? – repetiu o macaco.

— Sim. Vocês todos, nós todos, temos hábitos arraigados. Não modificamos nada em nós, nada em mim, nada em você, do dia para a noite, mesmo que assim o desejemos. É possível que consigamos depois de duas ou três tentativas, mas, normalmente, após algum tempo, regressamos à nossa rotina habitual. É mais cômodo, pois assim não precisamos derrotar o vilão que há dentro de nós.

— O que é um vilão? — perguntou *King* Eduard, julgando tratar-se de algum súdito que ele não conhecia.

— A barreira interior que nos impede de romper com nossos velhos hábitos e experimentar coisas novas — explicou Minerva. — É mais cômodo cair na rotina do que dedicar-se a si mesmo e experimentar novos métodos. Sem levar em conta que seu ambiente também não irá agradecer-lhes se vocês se modificarem. O que diriam seus sócios, seus filhos, chefes ou colegas se vocês de repente reagissem de modo diferente de uma semana antes? Vocês vêem que, mesmo estando momentaneamente motivados, o mais tardar amanhã, precisarão reunir todas as suas forças se quiserem continuar se desenvolvendo. Há alguns dias, citei Lao-Tsé. Essa coruja também reconhecia o seguinte: "Quem vence os outros é forte; quem vence a si mesmo é poderoso." A propósito disso, um conselho: registrem num pedaço de folha de palmeira aquilo que vocês querem mudar a partir de amanhã — de preferência, façam isso agora. Coloquem essa folha num local em que vocês a ve-

Quem vence os outros é forte; quem vence a si mesmo é poderoso.

jam todos os dias. Não queiram fazer tudo de uma só vez. Controlem regularmente a si mesmos ou estabeleçam parcerias de aprendizagem. Somente quando tiverem interiorizado novas formas de conduta poderão tomar novas decisões. E pratiquem, pratiquem, pratiquem. Mudar de vida só depende de vocês. Desejo-lhes muito sucesso!

Mudar a própria vida depende unicamente de cada um.

Os animais ainda permaneceram algum tempo juntos, antes de se despedirem uns dos outros, com o coração apertado. Nos sete dias anteriores, o heterogêneo grupo de participantes, reunido pelo acaso, transformara-se numa verdadeira equipe. Tinham vivenciado toda sorte de peripécias. Os muitos obstáculos e até mesmo as controvérsias haviam fortalecido seu relacionamento. Anton não apenas perdera o medo de Elmar, Alfons, *King* Eduard, Lea, senhor T.A.R. e de Minerva; não, ele chegara a tornar-se amigo deles. A despedida doía nele como nos outros.

Pouco a pouco, o grupo se dissolveu. Mesmo aqueles que no início estavam céticos com relação ao seminário, voltaram para casa pensativos.

Por fim, Anton ficou sozinho na clareira. Ele olhou para o céu e constatou que pouco passava do meio-dia. Ele iria rever sua Amelie ainda naquela noite e não duvidava de que teria seu apoio se quisesse experimentar coisas novas a partir do dia seguinte. Também no trabalho ele queria introduzir algumas mudanças. Seu chefe e seus colegas poderiam chamá-lo de louco, mas talvez Anton conseguisse convencê-los de seus novos métodos. Em todo caso, ele tinha vontade de arriscar. Estava contente justamente com o fato de romper um pouco com sua rotina de formiga. Não queria fazer nenhuma revolução; não, essa não era de modo algum sua intenção. Queria simplesmente fazer melhor do que antes.

Ao amarrar a mochila, caiu-lhe nas mãos a folha de palmeira na qual escrevera todas as noites. Antes de se levantar, quis ler mais uma vez as lições que aprendera:

Tudo está no rio –
e eu estou dentro dele.
Depende unicamente de mim ficar atracado à
margem ou continuar a navegar.

Se você encalhar num banco de areia, seja
criativo e experimente algo novo – mesmo
enfrentando a resistência dos outros. Não tenha medo de
cometer erros; pelo contrário, aprenda com eles. Tenha a
coragem de agir como o macaco.

Se você estiver aguardando uma cachoeira, reúna
informações, analise-as, busque saídas e escolha
a melhor delas. Depois, execute seu plano e
controle regularmente os resultados. Planeje
sua conduta como faz a tartaruga!

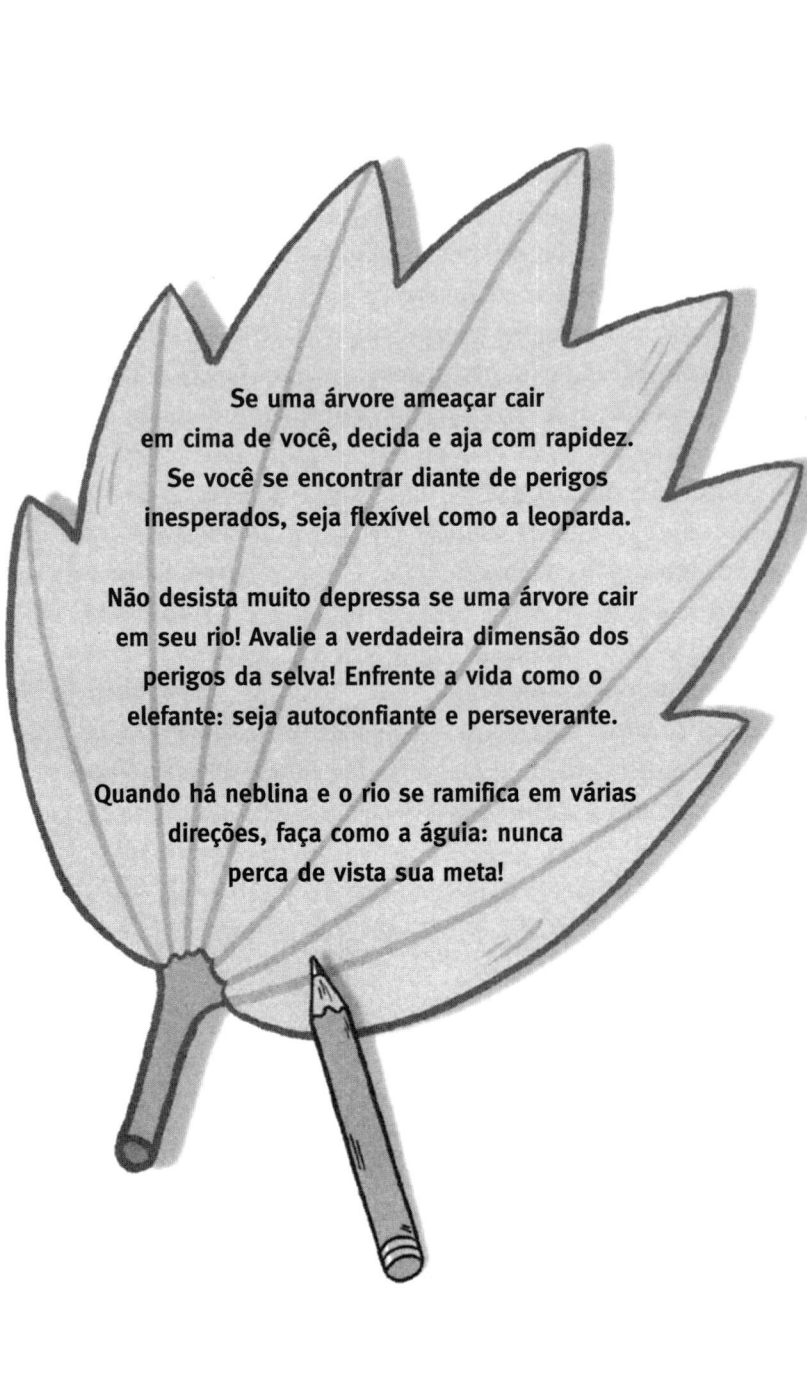

Se uma árvore ameaçar cair
em cima de você, decida e aja com rapidez.
Se você se encontrar diante de perigos
inesperados, seja flexível como a leoparda.

Não desista muito depressa se uma árvore cair
em seu rio! Avalie a verdadeira dimensão dos
perigos da selva! Enfrente a vida como o
elefante: seja autoconfiante e perseverante.

Quando há neblina e o rio se ramifica em várias
direções, faça como a águia: nunca
perca de vista sua meta!

Anton riu, pois percebeu que ainda faltava a lição daquele dia. Anotou então:

Mantenha os olhos abertos e aprenda sempre com os outros animais – como a formiga.

Ele folheou suas anotações de novo. É, estava firmemente decidido a tornar próprios, na medida do possível, os pontos fortes dos outros. Obviamente, tinha plena consciência de que seria sempre uma formiga. E nem queria ser outra coisa. Mas, ao mesmo tempo, sentia que também tinha dentro de si um pouquinho de macaco, de tartaruga, de leoparda, de elefante e de águia. Até mesmo de coruja, pois queria de qualquer jeito implementar aquilo que tinha aprendido. O que a coruja recomendara? Não tudo de uma vez, mas aos poucos. Uma semana antes, ele tinha hesitado e duvidado. Naquele momento, tinha certeza de conseguir.

Sim, nos sete últimos dias, ele descreveu um círculo – sem perceber. Depois de muitas peripécias, quase retornara ao seu ponto de partida. Mas apenas quase. Pois aprendera muita coisa nova.

Para seu trabalho.

E para sua vida.

Algum tempo depois

– Estão prontas? – gritou Anton para as quatro formigas escavadoras de túnel que, ao lado de uma dúzia de outras, ele passara a supervisionar como coordenador de equipe. – Então, levantem!
Sem esforço, as quatro operárias ergueram para o alto a folha que se encontrava no meio delas e na qual tinham amontoado toda espécie de lixo. Uma formiga sozinha teria de ir e vir no mínimo quarenta ou cinqüenta vezes para transportar para fora o entulho. Com a folha transportadeira, elas poupavam um bom tempo. Em seguida, Anton planejava executar um escorregador feito de folhas de bananeira. Se tudo corresse como ele imaginava, futuramente ele não precisaria fazer esforço para remover o material excedente. Em vez disso, as operárias levariam o lixo até a saída mais próxima, despejariam-no pelo escorregador e verificariam, então, se ele descia até o depósito de entulho. Essa novidade também pouparia tempo e facilitaria o trabalho. Talvez em algum momento ele arriscasse até mesmo a construção do ventilador que outrora lhe aparecera em sonho.
A criatividade de Anton era um dos principais alicerces de sua carreira, embora, no início, nada levasse a crer que ele fosse progredir profissionalmente. Depois do seminário, ele teve tantas idéias

novas que chegara a ser desdenhado pelos colegas e não menos pelo seu chefe.

Uma folha transportadeira? Isso é simplesmente ridículo! As formigas transportam sua carga nas costas e de nenhum outro modo!

No início, ele ouviu muitas vezes tais comentários e, num primeiro momento, quase perdeu a coragem, mas depois se lembrou de Alfons, o macaco, e do quanto ele precisara defender suas idéias contra as frases arrasadoras. Assim, Anton reuniu toda a sua coragem, deixou que os outros falassem e tentou implementar o máximo que aprendera. As notas que ele tomara durante o seminário estavam penduradas em cima de sua cama, para que ele não as perdesse de vista. Além disso, seguindo o conselho de Minerva, formou uma parceria de aprendizagem: Elmar, o elefante, durante suas andanças, passava regularmente pelo formigueiro de Anton, e nessas ocasiões eles trocavam experiências.

Embora Elmar lhe oferecesse várias dicas valiosas, motivando Anton constantemente, o início foi difícil. Mais de uma vez, Anton tentou abandonar as anotações e levar de novo uma vida normal, sem a zombaria dos outros. No seu íntimo, porém, ele sabia que estaria desperdiçando uma chance enorme se simplesmente baixasse a cabeça e se submetesse à rotina. Portanto, não entregou os pontos – exatamente no sentido de Elmar –, e vejam vocês: pouco a pouco suas idéias foram sendo reconhecidas. Até mesmo o gerente de escavação de túneis percebeu que uma folha transportadeira poupava muito trabalho. Por isso, intercedeu por Anton junto à rainha das formigas. Logo depois, Anton foi promovido.

Ele fez carreira sem de fato se planejar. De algum modo, o sucesso aconteceu por si. Mesmo assim, não era o topo da carreira. Ele não tinha pressa de chegar ao topo, pois isso significaria trabalhar mais, muito mais. E isso ele não queria. Já tinha pensado bem no que queria fazer da vida. O trabalho era importante para ele, muito importante até, mas ele também queria ter tempo para Amelie e para si próprio. Gostava de fazer longos passeios com sua adorada fora do formigueiro, para receber sempre novas impressões do mundo em que vivia. Além disso, pintava muito e às vezes lia um livro com a maior inspiracão.

Ao contrário de muitos de seus colegas, Anton reservava tempo para sua vida pessoal. Também por isso ele foi visto com olhos críticos no início. Uma formiga que, na maioria das vezes, chegava em casa pontualmente, ainda mais uma formiga que tinha cargo de chefia, contradizia qualquer tradição. Mas Anton dizia para si mesmo que isso não dependia de *quanto tempo* uma formiga trabalhava, mas do *serviço* realizado. E em parte ele realizava mais do que seus colegas, pois, seguindo o conselho do senhor T.A.R., planejava tudo o que era possível planejar. Primeiro, estudava cada trecho da colônia no qual novos túneis seriam escavados; depois, analisava as informações, procurando soluções, junto com as formigas operárias. A melhor delas era, por fim, implementada, e se ocorressem incidentes imprevisíveis, como certo dia, quando uma chuvarada encheu de água um anexo do formigueiro, tornando-o inacessível, Anton era flexível o suficiente para alterar os planos e eventualmente recorrer a soluções alternativas.

Entretanto, Anton também sabia que havia coisas que ele poderia fazer ainda melhor. Por exemplo, até então dera pouca atenção aos pontos fortes de seus funcionários. Havia os vigorosos, que se prestavam para o trabalho de transporte, os engenhosos, nos quais se encontravam adormecidas muitas possibilidades de avanço, e assim por diante. Será que Anton futuramente conseguiria colocar em prática as habilidades das formigas de sua equipe? Ele gostaria pelo menos de tentar.

Sim, havia muito ele sabia que não era perfeito e que nunca o seria, mas se esforçava para manter os olhos abertos em seu formigueiro e aprender alguma coisa nova todos os dias.

Anton planejava sobretudo seu tempo. Como conhecia suas metas – tanto no plano pessoal como no profissional –, organizava seus dias de maneira a não deixar nada para trás. Planejava suas tarefas generosamente, quer dizer, com bastante folga, para o caso de haver problemas – pois quase sempre havia um. E sempre que organizava sua rotina diária, reservava para si uma "hora de sossego", na qual se retirava da agitação do canteiro de obras, dedicando-se com toda a tranqüilidade às tarefas que exigiam concentração. Tinha constatado que, sem distrações, ele fazia rapidamente coisas que antes requeriam dias. Desse modo, mantinha seu trabalho sob controle – e isso lhe possibilitava, por outro lado, realizar-se no plano pessoal.

Mergulhado nesse tipo de pensamento, Anton não percebeu que alguém queria falar com ele. Somente quando lhe tocaram o ombro é que notou um mosquito mensageiro, que pairava a seu lado, zunindo.

– Você é Anton? – perguntou o mosquito.

Anton assentiu com a cabeça.

– Tenho uma mensagem para você. – Dizendo essas palavras, o mensageiro lhe estendeu uma folha de figueira escrita.

Era um convite para um reencontro. Minerva chamava todos os participantes do seminário para uma discussão em grupo sobre os progressos e também sobre as formas de lidar com problemas.

Anton gostou da idéia. Não somente porque esse encontro prometia muitos estímulos e nova motivação, mas também porque sentia vontade de rever seus amigos heterogêneos e de ouvir como cada um estava se saindo em sua selva particular.

Alguns dias depois, pôs-se a caminho, como da outra vez. Da mesma maneira, o sol ergueu-se no horizonte, dissipando a névoa que encobria a savana africana. As sombras das árvores diminuíam cada vez mais, e a vasta planície começava a esquentar como um forno.

Pássaros gorjeavam nos ramos de árvores, antílopes e gnus pastavam a grama seca, girafas esticavam o longo pescoço em direção ao céu. Para a maioria dos animais, aquela era uma manhã igual às outras.

Mas não para a formiga Anton. Enquanto ele caminhava ligeiro pela areia quente, assobiando baixinho e contente, percebeu a indescritível sorte que tivera em participar daquela viagem de jangada. Se ela não tivesse ocorrido, nunca teria conhecido seu lado forte. E nunca teria tomado a decisão de aprender com os outros e nunca teria se esforçado para melhorar. Só o seminário na selva conseguiu abrir-lhe os olhos e dar-lhe coragem para levantar a âncora da sua própria jangada e afastar-se da margem.

Cromosete
Gráfica e editora Ltda.

Impressão e acabamento
Rua Uhland, 307 - Vila Ema
03283-000 - São Paulo - SP
Tel/Fax: (011) 6104-1176
Email: adm@cromosete.com.br